犬は棒にあたってみなけりゃ分からない

石丸謙二郎

敬文舎

犬は棒にあたってみなけりゃ分からない

石丸謙二郎

敬文舎

装丁・デザイン	竹歳　明弘
企画協力	植松　國雄
編集協力	阿部いづみ
	日高　淑子
写真・墨絵	石丸謙二郎

もくじ◎犬は棒にあたってみなけりゃ分からない

第6章◎ある発見

はじめに

犬も歩けば棒にあたる

「いろはかるた」の、はじめの「い」である。子どもでも知っている

この格言。意味を説明できるでしょうか?

突然の幸運がやってくるとか不運にみまわれるとか、一応の説明を

してみるものの、なぜ、犬が登場し、そこに棒が出てくるのかを、パ

チンとかるたを取った子どもにうまく説明できない。

私は基本的に犬的な生き方をしている。つねにフラフラ歩き回って

いる。散歩のレベルを超えて、行き当たりばったりの歩き方は犬そのもの。

その歩きは、日本じゅうに達し、いまや山の上まで歩いている。

とはいえ、どのくらい歩けるかのチャレンジャーではない。移動距離を目的にしているわけではない。移動中に見つけるモノに惹《ひ》かれるだけ。

コレは何だろう、アレは食べられるかな、この道はどこに続くのだろう？

見つけたものをまじまじと観察している。犬がクンクンと匂《にお》いを嗅《か》いでいる代わりに、写真というお宝の持ち帰りをしている。

犬が自分の足でしか動けないのを尻目に、車輪のついたものや、翼《つばさ》つきで移動する私は、犬にはなしえない広範囲のクンクンをしている。

私が《犬》だとすると、《棒》はなんだろうか？　当たったらどうするのだろうか？　私としては、この格言はこのように言葉を変えて、「いろはかるた」に混ぜて、子どもたちに見つけさせたい。

犬も歩けば棒だらけ

今日の棒はなんだろうか？　明日の棒はどこで見つかるだろうか？　それよりなにより、当たるのはホントに棒なのだろうか？　本文のなかで、その答えを見つけていただければ幸いです。

では、おしまいにまた…

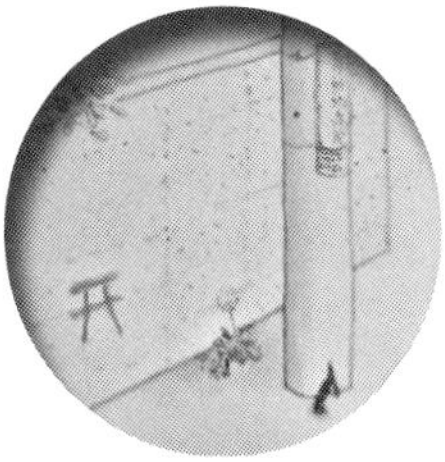

第1章

つらつら思うに

羽田空港駐車場のナゾ

6F　カンガルー
5F　シマウマ
4F　パンダ
3F　キリン
2F　イヌ
1F　ゾウ

羽田空港の駐車場P1には、写真のような表示がある。車をどこに駐車したかを忘れないようにするため、動物の絵と名前が描いてある。いいアイデアだ。しかし、もう1回、この写真をよお～く見て欲しい。何か、疑問が湧《わ》きませんか？

6F
5F
ターミナル連絡歩道橋
Pedestrian Bridge to Terminal
エレベーターホール B
Elevator Hall
エレベーターホール A
Elevator Hall
現在位置
You're here
4F
3F
2F
出口
Exit
1F
監視

《2F　イヌ》

ほかの階の動物は、みんな動物園にいる。野生で暮らしている危険な奴らばかりだ。

イヌってなんだろう。その辺にいるじゃないか。なぜ、イヌなんだ？

1階のゾウと3階のキリンに挟《はさ》まれて、恥ずかしい気持ちはないのだろうか？

まさか…「ずっと昔はオオカミだったのヨ」などと居直るワケではあるまいネ。

ライオンでも良かったじゃないか。トラだって皆と並びたかっただろう。カバなんか子供は大好きだ。

駐車場がたとえ、10階建てになっても、イヌは、まだまだ登場できないはずだ。

「一匹くらい、日本産の…」だったら、クマがいるじゃないか。サルがいるじゃないか。シカもイノシシも…よりによって、なぜ、イヌなんだ？

「一匹くらい親しみのある…」だったら、ネコじゃいけないのか？　ウサギだって飼っている。

よしんば、駐車場を20階建てに建て代えたとしても、立候補者は並んでいる。

タヌキに、キツネ、トンビにタカ……許されるなら、アナタが手洗いに行って帰って

くる時間ずっと羅列《られつ》できます。ひょっとすると、駐車場で、

「このなかで仲間はずれはどれでしょう?」というIQテストをさせられているのでしょうか? もし、IQテストだとすると、つぎの理由でもイヌは仲間はずれだ。

《イヌ以外の階は、草食である》

それとも、空港側は、なにかイヌ関係に弱みでも握られているのだろうか?

私は問いたい!

どうしてもイヌでなければならなかった理由を、原稿用紙5枚にまとめて、提出していただきたい!

ドン!(机《つくえ》を叩《たた》く音)

犬を見たら

「君んちまで、どうやって行くの？」
友人にあてた私の問いに、こんな返事メールが返ってきた。

「〇〇インターで降りて、３つ目の交差点を右に、＋
工場の看板を見たら左に、しばらく走って、
川を渡り、コンビニの先で右へ、
そのあと、しばらくして、犬を見たら左に曲がり、
金網沿いの道を進んだあと、
ドンづまりまで来たら、電話してください」

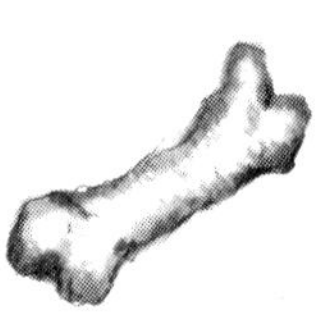

はい、いまアナタはこの文章をいい加減に読んだ。そう、私も彼からの文章をいい加減に読んだ。しかし、きわめてアイマイな部分があることに気づく。もう一度読み返して、ぜひそれを発見して欲しい。

「犬を見たら左に曲がり」

なんですか、コレは？　その犬は、いつもいるのですか？　朝でも昼でも夜中でもいるのですか？　まさかとは思うが、犬の銅像があるのではないだろうネ。それならば「犬の銅像を見たら」と説明するだろう。あるいは「犬」という文字を書いた看板でもあるのだろうか？　それとて、「犬の看板を見たら」と正しく書くだろう。彼は、冗談を言うような人ではないので、おそらく真面目《まじめ》にコレを送ってきた。どういう道案内知らせだろうか？

私は、この不可思議な文章をたよりに、車を走らせた。あえて、真相を知らないようにして、チャレンジしてみた。はて……

「コンビニの先で、右へ曲がった」あと、ものすごくしばらくして——

…犬がいた。

どこにでもいる犬がいた。つながれているでもなく、散歩しているでもなく、なんとなく犬がいた。いちおう首輪をしている薄茶色の犬だった。世にいう雑種である。犬とは、どこにでもいる動物だろうが、とにかく最初に現れた犬だった。犬がいたから素直に曲がった。メールの指示どおり、左に曲がった。

命令ともとれる説明書。それは…間違っていなかった。短時間で、目的地に着いた。着くなり、なにはともあれ彼を詰問する。

「なんで犬なの？」

「だって、それしか説明できないんだもん」

犬も歩けば棒にあたる

《犬も歩けば、棒にあたる》
この故事の意味を、どう理解しているだろうか？
「犬ってサ、好奇心旺盛だからサ～」
この返事で済まそうとしていないだろうか？　もし、アナタの言うとおりならば、この故事は、こう言うべきだ。
《犬が歩けば、棒にあたる》
好奇心の塊《かたまり》の犬の話をしているのだから、「も」ではなく、「が」と断定するのが正しい。そもそもの意味は、思いもかけない僥倖《ぎょうこう》に出会うとか、不幸に出会うとかを示している。もしその意味を分かりやすく表現するのなら、むしろ、とても棒にあたりそうもない、猫を持ってくるべきだ。

《猫も歩けば、棒にあたる》

好奇心のカケラもない猫でさえ、棒にあたると言えば、分かりやすい。それほどの何かが起きましたヨ、という意味になる。。ところがなぜか犬を登場させている。

さあ、こう考えると、この故事の言わんとする意味が、よく分からなくなる。なんたって、いろはカルタの冒頭に登場する「い」である。関心はおおいにあるはずなのに、その深い意味を考えていない。世の中の人は、分かっているのだろうか？ アナタは、分かっていると胸を張れますか？

《犬も歩けば棒にあたる》

長年、この故事を聞くたびに首をひねり、その意味を考えつづけてきた。私が思いついた説をいくつかご披露したい。

イシマル説①；

犬クンが歩いていれば棒に出くわす。棒とは、犬を遊ばせるために放り投げる棒だ。

「ほうら、取って来い！」

その棒を、あるとき散歩をしていた犬クンが、みずから偶然に発見したのだ。

「おっ、こんなところに棒があったゾ！」

《犬も歩けば、棒にあたる》

イシマル説②：

犬クンが歩いていると、突然、藪《やぶ》から棒が飛び出てきて、犬クンの足に引っ掛けるらしい。犬クンを転ばそうとだれかが、棒を持って隠れているらしい。《藪から棒》という格言と混同されていると言ってもよい。

イシマル説③：

犬クンは運動神経が優れている。猫についで優れていると思われている。その犬クンが歩いていると、さすがの犬クンでも、つまずくことがある。その原因が、棒だ。理由は分からないが、なぜかそこにあった棒につまずくのだ。

「おおォ〜っとっォ〜」

ついやっちまった自分に犬クンは、恥じるのだ。恥ずかしいので、居直るのだ。

「犬だってよォ〜　歩いてりゃァ、棒に当るのさァ〜」

イシマル説④；

犬は、つねに走っていると思われていた。

猫を追い、猿を追い、羊を追い、追わなくてもいいのに、自転車を追い…よせばいいのに、列車を追い…ゆえに、犬が歩いている姿は、日常的でなかった。つねに、走っていると思われていた。

だから、もし、歩いているとするならば、じっとしている棒にでも当たるだろうと考えた。

《犬も、歩けば、棒にあたる》

イシマル説⑤；

昔々、動物受難の時代があった。牛も馬も羊も豚も、みんなムチ打たれる時代があった。棒でぶん殴られながら、働かされていた。犬も例外ではなかった。

「タロウ、ちょっとこい！」

ゴンッ！　棒でぶたれた。理由もなくぶたれた。それが、犬には口惜しかった。なぜ自分がぶたれるのか、いきどおった。

「牛ならともかく、なんで、人間さまに、かくも忠実なオイラまでもが…」

涙を浮かべて、耐えていた。そんなある日のこと。ついに、犬はグレたのだ。

「オレだってなァ〜、オレだってなァ〜」

歩きながら、ご主人さまが使っている大切な棒にアタッタをかけたのだ。

蹴とばしたり、噛みついだり、よだれを付けまくったり――

コノヤロ、コノヤロ！

《犬だって歩けば、棒にアタる》

はじめての

はじめての場所に行くと、希有《けう》な人に出会うクセがある。

生まれてはじめて首都東京に着いたのは、半世紀前のことである。山手線《やまのてせん》という電車に乗って、巣鴨駅で降り改札に向かった。すると、その改札をとんでもない大男が通過するところだった。どれくらいデカイかというと、頭が一般人より、三つくらいハミ出ていた。山が動いているようだった。感激した。

「東京っちゃ、ジャイアント馬場んごたるヒトがふつうに歩いちょるんじゃ！」

思わず大分弁が口をついた。「ごたる」ではなかった。よく見ると、ジャイアント馬場その人だった。大きかった。東京に着いて２０分後のことだった。

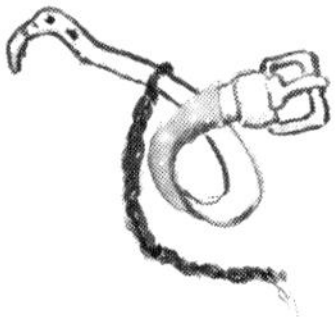

巣鴨駅で大巨人を見たその足で、西武線の椎名町《しいなまち》という駅に向かった。駅から数分のところにあるという下宿に向かうためだ。

駅に着いた。駅が燃えていた。火事だった。駅前の商店街も燃えている。駅の手前に臨時停車した列車の窓から、モウモウとあがる黒い煙を眺めていた。

駅前で、類焼を防ぐために、隣家を壊すのに、消防関係の人と《喧嘩《けんか》》をしている男がいる。まだ燃えていない家を壊すというのだから、主人にとっては死活問題なのだろう。大きな怒声がとびかっている。ふり返れば、跨線橋《こせんきょう》があり、数百人の野次馬がむらがり火事を見物している。

ふと、昔からあるアノ格言を思い出した。

《火事、喧嘩、野次馬〜江戸の華《はな》》

東京（江戸）に着いて小一時間、その三つを同時に見てしまった。おまけにジャイアント馬場までくっついているのである。

それから18年後――

生まれてはじめてニューヨークに着いた。あこがれのニューヨークである。

ケネディ空港に降り立った。じつに晴れがましく、税関など手続きを終え、出口コンコースに向かう。

（この直前、イギリスから、いまはなきジェット機コンコルドが到着していた）

いち早く出口に向かう私の左側にひとりの白人がピタリとついた。と同時に、右側には、小さな黒人の男性がついた。ついたという表現は間違いである。私が二人の間に入り込んだというのが正しい。

首を９０度曲げて、左を見ると、ブレザーを着て、銀縁メガネのヤサ男だ。

１８０度首を回して、右を見ると、革のブレザーを羽織り、手に黒いハードケースを抱えている。

出口に近づいたとき、出迎えの人びとから、嬌声《きょうせい》が起こった。

「ポ〜〜ル！　キャァ〜〜」

（ん？　ポールと名のつく有名人？）

ポッ　ポール・マッカートニー！

すると、右隣は？

マッ　マイルス・デイビス！

私は、ポール・マッカートニーとマイルス・デイビスを助さん格さんよろしく従えてケネディ空港を闊歩《かっぽ》していたのである。

(私を迎えにきた方の話によれば)

石丸は、サムソナイト引きずってるし…肩からカバン、袈裟《けさ》懸《が》けにかけてキョロキョロしてるし…どう見ても、東洋人の付き人にしか見えなかったそうである。

そういえば、その後、ジャイアント馬場さんに会っていないまま訃報をきいた……

ハワイうどん

九州は大分県の別府市、とある食堂に入った。うどんとそばを、おもにやっている店だった。ラーメンとカレーもあったかもしれない。すると壁のメニューの端っこに、こんなお品書きが…

《ハワイうどん》　550円

コレなんだか分かるだろうか？　どんなモノが出てくると思います？　さあ、推測してみましょう。

「パイナップルが入っている」

（単純ですねえ…違います）

「椰子《やし》の木の飾りが付いている」

（う〜ん、まだまだ発想が浅い）

「お店のおばちゃんがフラダンスを踊ってくれる」

（注文したくないです）

もちろん、たのみました「ハワイうどん、くださ〜い」

はたして出てきたのは…ふつうのうどん。

「すみませ〜ん、ハワイうどん注文したんですけど、これただのうどんですよネ」

「はい、それがハワイうどんですけんど」

ニコニコと屈託《くったく》なく返事をしてくれるオカアちゃん。

ど、どういうことだろうか？　どう見てもふつうのうどんである。ナルトとネギが浮かんでいるだけの素うどんに近いモノ。

真相を知るべく、オカアちゃんにアタックする。すると、くわしく教えてくれた。なんでも…


お客さんが《ハワイうどん》を注文してくれたら、その代金を貯金して、家族でハワイ旅行に行こうというのである。貯《た》まるまで、頑張って働こうという願いを込めたうどんなのだという。

ふ〜〜ん

感想は、ふ〜〜んであった。で、あったものの、その命名発想におおいに感激した。あくまで自分チを第一に考えた発想である。お客様なんたらは二の次であろう。とはいえ、おかしなモノを食べさせているわけではない。まっとうな食堂経営といえる。

ハワイうどんを注文して、出てきたものを見てコレはなんだということで、顔を真っ赤にして怒り出す人もいないだろう。

だましたわけではない。単なる自分たちの夢を壁に貼ったのである。それをどう受け取るかは客次第！　むしろ夢を共有したような昂揚感。夢をともに追いかけているような嬉《うれ》しい気持ち。実際食べてみると、充分旨《うま》い。

そうか！　ここで漫画のように私の頭の上に電球が灯《とも》った。この発想を発展させれば、いろんな店で壁張りメニューが成り立つじゃないか。

《ピアノラーメン》

娘にピアノを買ってあげたいラーメン店の両親の願いが込められている。毎日頑張ってラーメン店をつづけてきたが、娘にはピアノを弾《ひ》いてもらいたい。トンコツの臭いのする店の二階でピアノの美しい音色が響いてもいいではないか。「ドビュッシーの月の光」なんか弾いてもらえれば…

《ウッドデッキ丼》

いつかそこでバーベキューをやりたいという丼屋の夫婦の夢が語られている。ふたりはベランダに洗濯物を干しながら、せめてここをバルコニーと呼びたい。いつか前方にグンとひろげてデッキにしたい、それをウッドでつくりたい。煙モウモウでトングを持って肉を焼きたい！

《マウンテンバイクドーナツ》

輪っかと輪っか。ドーナツ屋として見事なコラボである。山の中を自転車で駆け回りたいご主人の夢が伝わり、売れること間違いなし。むしろメインの販売モノに昇格させたほうがいいだろう。すぐにでも夢がかなうに違いない。

《ルイビトン麻婆豆腐》

中華屋でフランス製を狙っている国際的な夢追いかけなのだ。メニューを開いたお客が、どんなモノが出てくるのか違和感を覚えすぎて、注文をパスされる可能性がおおきい。すこしレベルを落としましょう。

《東大蕎麦》

ふむ…親御さんの強い思いは分かった。しかし願いが願いだけに、蕎麦の代金に背負わせるのは、あまりにも負担が…お客さんにも嫉妬《しっと》の気持ちが湧《わ》きあがって…

《ポルシェスパゲッティ》

積年の夢を叶えたいイタリアンのご主人の願いが込められている…が、金額が大きすぎて叶うだろうか？　この願いには、ポルシェピザやポルシェフォンジュも黒板に書いたほうがいいかもしれない。（店がつぶれなければいいが）

《チワワパフェ》

え〜と…それは自分でなんとかしましょう。

どっち回りが正しい？

急に考え込んでしまった。まず、アナタに訊《き》いてみたい。

「右まわり」とはどっち周りですか？

上空から眺めた場合、時計回りですか？　反時計回りですか？

我らが隊員のＭくんの場合――右回りは、時計回りだと主張する。

たとえば、目の前に東京ドームのような大きな円筒形の建物があるとすると、その壁に右手をつきながら、グルリと廻るので、右回りだと言う。右手右手に曲がってゆくので、右回りなのだそうだ。

「いやそれは、左回りだよ」主張するＱ隊員の場合――

東京ドームの建物の中心から見ると、左側にいるので左回りだと言う。

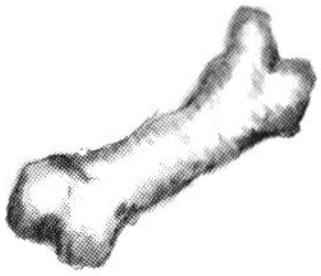

では、リレーなどの陸上競技のトラックは、どちら回りなのだろうか？
M隊員「左回り」（左手を内側にしているから）
Q隊員「右回り」（つねに中心の右側にいるから）
さて、アナタはどちら回りだと思いますか？

これは回転とは違います。

回転とはひとつの軸でクルクル回っている。

たとえば、フィギュアスケートで羽生結弦選手が回っているのは、左回転なのだが、左回りとは言わない。たとえば金庫の鍵を開けるときのダイヤルは右に3回左に2回などと回す。アレは、回転に関する回し方なので別の話である。右回り左回りとは、あくまで弧を描いて回るときに使っている。

したがってトラック競技のように弧を描いている場合のみの使い方である。


「おおきな公園があるから、右回りで来て」

こうメールすると、三叉路を右に曲がる人と左に曲がる人に分かれる。アナタはどっちですか？

私？　私は、Mくん派だったのですが、最近よくよく考えてみると、Mくんが間違っているという派に転向しました。

う～む、むつかしい…

いま、大丈夫ですか？

「いま、大丈夫ですか？」

電話がかかり、耳に押し当てると、第一声に、このセリフを吐く方がいる。

大丈夫だから、電話に出たのである。大丈夫でなかったら、出ていない。つまり、出たという事実は、《大丈夫である》とおおっぴらに公言しているようなものだ。

だのに…

「いま、大丈夫ですか？」

私が、電車の中にいるとか、会議中であるとか、カツアゲをくらっている最中だとか、オモンパカッテくれているのかもしれないが、オモンパカッテくれるならば、さっさと

用件を喋《しゃべ》ってほしい。

「いま、大丈夫ですか?」

「はい、大丈夫です」

これは、「いいお天気ですね」「そうですね」という日本古来のご挨拶《あいさつ》のつもりで、冒頭に帽子を脱いでいるのだろう。

しかし、いまやケータイには、相手の名前が表示されている。だれからの電話がかかったか分かった上で、出ている。

「相手をおもんぱかる」この言葉は、いかにも日本人の美徳とされている。思いやる気持ちが、相手に不快な思いをさせないようにしている。その気遣いが、電話の場合しばしば困った方向にいってしまう。たとえば…プルルル〜

「はい、○○です」

「○○様の奥様でいらっしゃいますか、わたくし警察の者ですが」

「えっ、けいさ! は・はい、そうですが」

「いま、お時間よろしいでしょうか？」

「ええ、ええ、だ・大丈夫ですが…」

「じつは、本日の午後にですね、アッその前に台所で火をお使いではないでしょうか？」

「ひですか、ひですか、ひはつかってませ…」

「お子さんは、学校から帰ってますか？」

「いえ…まだですが…」

「ではお伝えしたいことがありまして、どうかお気をしっかりもってお聞きください」

「うっおっ…くっ」

「いま繋《つな》がっているこのお電話は、奥様の携帯でしょうか？」

「け・けいたい…で・す」

「じつは、本日お宅の近くの交差点の所にある」

「ふんげっ」

「信号機が故障いたしまして」

「ふぁごっ……」

奥様は意識がとんでしまうのであった。警察官は、信号機の故障を伝えているだけの連絡だった。

おもんぱかりすぎると、こうなる。

人間は、想像力が、ものすごく発達している動物だとにらむ。そこだけは犬に勝てる。電話の用件は、最初にメッセージをズバリ喋るべきだ。たとえそれが、悲報であったとしても、まず、ズバリ！　そのあと、５Ｗ１Ｈを語ればよい。徐々に開陳してゆくと、悪いほうに悪いほうに想像がふくらみ、心臓への負担はかぎりない。つまり、「いま大丈夫ですか」のひとことでも、ヒトによっては、心拍数が跳《は》ねあがる。そのあとに、「いま椅子《いす》に座っておられますか」などとくっつけたら、ドダン！　気絶するかもしれない。

では、「いま、大丈夫ですか？」とかけてきたアナタに改めて問いたい。

もしもだよ…私が、こう言ったらどうするつもりですか。

「ダメ」

コードレス電話の出現

コードレス電話の出現。それはショッキングな転換期だった。

受話器とは、親機本体から離れられない決まりごとと思っていた。

「おおい電話だゾ～」

呼ばれたら、電話のある場所に、すっとんで行かなければならなかった。電話機の横に、ゴロンと横たえられたグルグルコード付きの受話器の姿を何度見たことか。

「おい、ペンを取ってくれ」話しながらメモを取ろうとして、ペンが電話機の手元になかった場合、だれかにペンをそこまで持ってきてもらった。

そんなある日、我が家の電話が、コードレスに変わった。コードレスとはコードがないという意味だ。この当たり前の形態が、理解しづらかった。

プルルル〜電話がかかってきた。受話器を取って耳に当てた。事務所からの電話だ。しばらく話していて、ペンがないことに気付いた。ここまでは同じ。しかし…

（アッチの机の上にあるな）

２ｍ離れたところにペンが転がっている。手を伸ばしたが届かない。２歩近づいてさらに手を伸ばす。ほんの少し届かない。

「ちょっと待って下さい」

断りを入れて、耳から受話器を離し、その受話器の空中位置をまったく動かさずに、受話器を持った手を伸ばす。そのぶん、反対側の手がペンに近づくー

届いた。ペンを持ち、そそくさと戻ってくる。電話を終わり、ふと気づく。

私はいま、何をしたんだろう？　以前あったはずのコードの距離を、完璧にパントマイムで、キープしていたのである。以前の受話器についていたクルクルとゴムのように伸びるコードの限界をしっかり感じ取って、耳の位置を変えずに下半身を机のほうに送り、手を伸ばしてペンを取った。

距離感は完璧である。正確に言えば、ほんのちょっと届かなかったので、「ちょっと待って」と言ったあとに、受話器から耳を３０センチほど離し、その３０センチぶん、反対

の手を伸ばしたのである。つまり、受話器の位置はまったく動いていない。

なんという正確無比なる芸当だろうか！　俳優養成所の授業でやる「感覚の記憶」というカリキュラムであれば、優等生だ。

だれかがそのようすを見ていたら、受話器が空中に浮いてその周りをうろついている人間を見ていたことになる。受話器が見えなければ、「エアー電話」と言えよう。

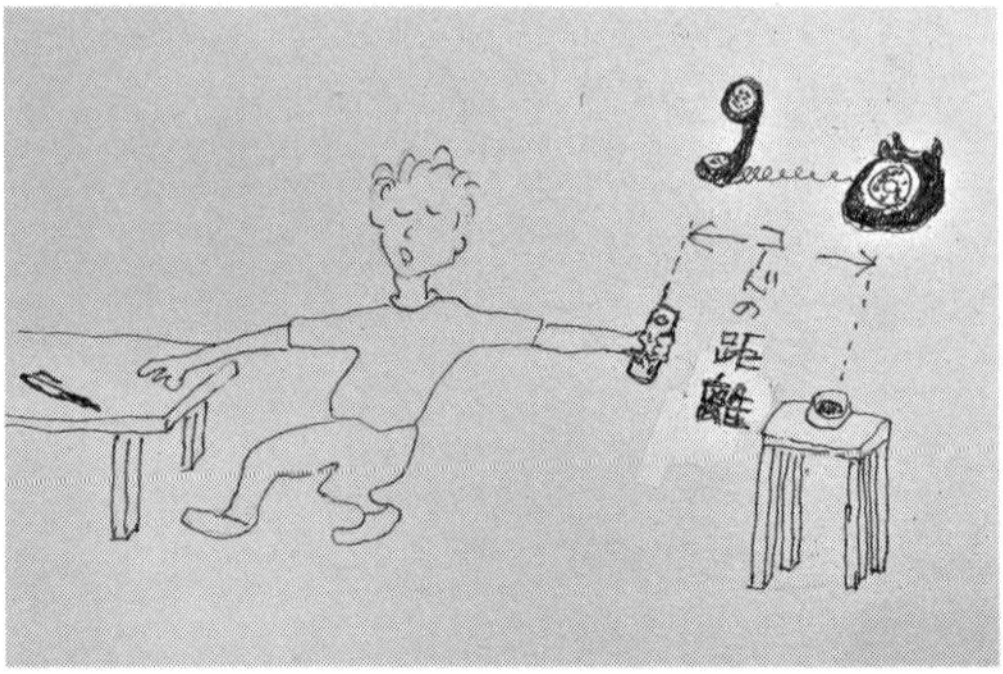

もうひとつ電話の話をしてみたい。
アナタは、夢の中で電話の番号をうまく押せないという悪夢を見ませんか？　いま押せないと言いましたが、私の悪夢は、「回せない」の時代があったのです。
昔の黒電話の時代、０から９番までが時計の時刻のようにグルリと取り囲み、数字の書いてある丸い穴に指を入れて時計回りに4時まで回す。これを繰り返す。

わが悪夢では、数桁の番号を回したころ、カタンと指が外れ、失敗するのです。当然はじめの数字からやり直さなければならない。これが延々つづく。あせりと失敗の反省が渦巻き、夢だと知らないものだから、計り知れないプレッシャーがかかる。…

あるときから。電話がプッシュ式に変わった。変わったものの悪夢は依然ダイヤル式から抜け出なかった。そして１０年ほど経ったころ、悪夢が変化した。

ボタンの間違った数字を押してしまい、やりなおすという夢へと移行したのだ。悪夢が相変わらず、「電話をかける行為」から抜け出ない理由が理解できないのだが、マイナーチェンジしたらしい。何度押しても押し間違いをおこし、たとえば4と5を一緒に押してしまうというようなミスで、延々電話がかけられないという悪夢。

そしていま、スマホをいじっている。なのに相変わらず悪夢はボタンの押し違いをやっている。ひょっとするとスマホ歴がもっと延びたら、いずれ滑らし間違いにチェンジするだろう。指をナメたりもするだろう。そしてやっとチェンジに慣れたころ、また何かに変わるのだ。

悪夢とは、生涯変遷しながら「前に進めない」障害と戦っている。

アサリの連続投入

朝、アサリの味噌汁を飲んでいる。

貝殻についた身を箸《はし》でつまんでひっぱる。小指の先ほどの身を口に放り込む。アサリは腎臓《じんぞう》に良いといわれている。だから、パクパクいっぱい食べたい。「ビタミンB12、B12」口中で咀嚼《そしやく》している間にも、つぎの身を取り出し、放り込む。つぎからつぎに放り込む。だが、この行為が危険であることは以外と知られていない。

ガキッ！

歯と歯の間で、石が砕かれる。なんとも気持ちの悪い感触が広がる。いちおう砂出しはしたものの、小さな石がまだ紛れ込んでいたようだ。

「うぅ…どうする？」

一瞬、思い悩む。

（このまま。飲んじゃぅ？）

いやいや、それはイカンだろ。

（じゃあ、吐き出す？）

ま、それが一番だろうネ。よいしょと立ち上がり、台所に向かう。流し台にうつ伏せになり、ウゲェ〜　５粒ほどの食事中のアサリが吐き出される。そこで、流しの銀色を見ながら、反省の言葉がでる。

「なぜ、ひとつじゃないんだ？」

ひとつずつ食べていたら、ひとつ吐き出すだけで済んだ。あせって、つぎからつぎに放り込むから、こんなことが起きる。アサリを５つも無駄にしてしまった。腎臓の健康に、５粒分のＢ12を損してしまった。

「そんなん、５粒くらいたいしたことないじゃないか。」

っと、つぶやいたアナタに問いたい。では、台所から戻って食べはじめ、また５粒放り込んだところで、
ガキッ！

さ、どうします？　毎回連続、ガキッが生じたら、私は、アサリを一粒も食べられなくなるのですゾ！　私の腎臓の健康をどうしてくれる！

結論……アサリは一粒づつ飲み込んでから、つぎを口に入れましょう。つまり、朝忙しい時間には向かない食材です。


「じゃ、シジミは連続投入してもいいんですか？」

またそういうダダをこねる。シジミもダメです。一個一個食べましょう。シジミは肝《かん》臓《ぞう》にいいですからネ。オルニチンを無駄にしないように、一個口に入れたら、砂がなかったことに感謝して、つぎの投入に備えましょう。

「いいえ、私は、全部のシジミの身をはがしてから、あとで一気に食べる派なんですけど」

派閥の方が登場してきた。

はいはい、それでも構いませんが、仮に、10個同時に口に入れてひとつでも砂を噛んでいたら、アナタの体内に、オルニチンは入ってこないんですからネ。

シジミもアサリも、意地汚い食べ方をするべきです。ちびちび一個ずつハシでつまみましょう。ついでに、背中を丸めて上目遣《うわめづか》いにして食べると、もっと効果的だと言われています。

頭巾《ずきん》のほおっかぶりとかも、いいかもしれません。映画のなかの伴淳三郎《ばんじゅんざぶろう》さんを彷彿《ほうふつ》させれば、成功だと言われます。（古い？）

視力を正確に測ろう

「視力を、正確に測るべきだと思います！」

大きな声で、私がおらんでいる。「おらんでいる」とは、大分弁で、「大声を出している」という意味。

アナタは視力をどこで測っていますか？　病院の定期検診の視力検査？　その時、最大、どこまで測ってもらえます？　私のもよりの病院では、「1・5」表示までだ。

「右、左、↑、→…」

馬の蹄《ひづめ》みたいなのの、千切れている方向を指摘する。最後の最後まで、行きつく。それ以上見えたとしても、測ってもらえない。なぜだろう？

人によっては、「2・0」、いや、それ以上、ひょっとすると、「3・0」、いやいや「4・

0」なんてあるかもしれない。その昔、「オラは惑星の衛星が見えたでよ」と当たり前のように語っていた民族がいた噂《うわさ》さえあった。

いつから、視力検査の基準が下がったのだろう？

1・5以上は測らないと、いつから決めたのだろう？　というより、視力検査の上限は、もうけるべきではないのではないか！

現在1・5評価を得た視力であるが、来年の検査でやはり1・5の値が示される。ここでは、視力をキープしているのか、2・0から落ちたのか判断できない。

「大丈夫ですよ」いつもの検査師の女性が言ってくる。いやいや大丈夫とかそういうことではなく、正確な値が知りたいのです。視力検査はおざなり感がぬぐえない。たとえば血圧検査では朝晩2回正確に測ってくれる。たとえば、肺活量検査では、「もっともっと吐いて吐いて頑張って！」熱烈な応援を受ける。たとえば聴力検査では、まったく聞こえない音まで出して、検査する。もうこの辺でなどという曖昧さはない。これを視力にたとえると、「まったく見えないモノを見せて」となる。

私が言っている意味を理解できない方のために、よし、アレにたとえてみよう。

ウサイン・ボルトが走る１００ｍ走では、計測員がこう言っているに等しい。

「ボルトさん、今日のアナタは１００ｍ、１０秒以下で〜〜す」

年配者はなぜ夜中に目が覚める

ある程度の年齢になると、夜中に目が覚めるようになる。反して、子供のころは、まったく目が覚めなかった。覚めないあまり、眠ったまま小便をした。

ではなぜ、お年寄りは夜中に目が覚めるのだろうか？　医学的な根拠を語ろうとは思わない。答えは、たぶん…

《自分が死んでいないかを確かめている》

子供はたやすく死ぬわけがない。だから、夜中に起きて確かめる必要はない。ところが、年配者は、いつなんどき、お迎えが来るやもしれぬ。そのことに気づいている。知識として知ってしまったと言える。

そのことが潜在的に頭の中にあり、ひょっとして、今夜あたりがヤバいのか？　潜在

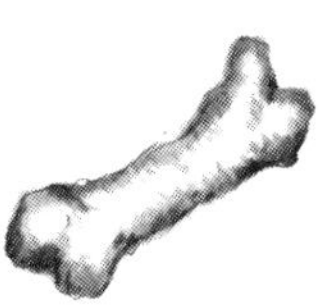

意識が、夜中に一度起こしてみようとする。

「もしもしぃ～」

えっえっえぇぇぇ～　起きちゃったぁ…起こされちゃったぁ～

だれかにではなく、自分の死への恐怖のカケラが、自分を起こしてしまったのである。

「ええ～故人はですネ、眠っている間に…」

子供のころは、理解できなかったこのセリフを、大人になって知ってしまったばかりに、《目覚まし係》が手ぐすね引いて、もしもしぃ、起こすのである。


えっ？　夜中に起きるのは、膀胱《ぼうこう》問題だって？

まあ、それもあるでしょう。しかし、それで解決できるとは思っていない。そもそも膀胱問題は、いま登場した《目覚まし係》が、アナタを起こそうとして使っているテクニックのひとつに過ぎない。子供のころに苦しんだ、恥ずかしい思い出、「寝小便」を再利用しているだけである。


つまり、もしアナタが子供のころに、シャックリで苦しんでいたならば、いまごろ、夜中にシャックリが起きそうになって、目が覚めていたかもしれない。シャックリの再利用である。

それぞれに《目覚まし係》がいて、それぞれの起こし方を模索している。そのなかで、おしなべて簡単な起こし方が、寝小便対策なのだと、理解しよう。

だから、もし、夜中に起きたくなかったら、一度、思い切って寝小便をするべきである。反旗をひるがえすのだ！

俺は！　私は！　爆睡してやるゾ。

だから今後、目覚まし係の、言いなりになんかならないゾ！

その証《あかし》として、眠っていながら、小便をしまくってやるぅ～！

とはいえ、それが出来るくらいなら、なんだって出来るんだがなあ～

耐久高校

和歌山県を車で走らせていたら、とある建物の壁にこんな文字が…

《耐久高校》

ええっ！　何だって？　たいきゅうこうこう？　よく見ると、立派な校舎がある。運動場もある。れっきとした、学校だ。

耐久…ときたら、普通、《レース》だ。鈴鹿8時間耐久レースだの耐え忍ぶ大会である。うかつだった。耐久のあとに、高校の文字がくっつくとは思わなかった。いったい、どんな高校なんだろう？　どういう意図で、この名前を付けたのだろう？　校歌は、どんなだろう？　やはり、耐えしのんでいるのだろうか？

疑問が疑問を生んでいく。耐久中学もあるのだろうか？　小学校は？　幼稚園は？

幼稚園のころから､耐久させていいのだろうか？　姉妹校に《努力高校》とか､《根性学園》はないのだろうか？

ひょっとして野球部はないだろうか？　あるなら､ぜひ頑張って､いや､耐えて耐えて甲子園に出てきてもらいたい。きっと､日本じゅうが応援するに違いない。

「耐えろ！　耐久球児！」

新聞の見出しは､もう決まった。ただし､テレビのアナウンサーが困ってしまう実況があるかもしれない。対戦相手が九州学院になったときだ。

「耐久対九州学院の戦いです」

（たいきゅうたいきゅう　しゅうがくいんの〜）

アナウンサーがさらに悩む実況シーンがあるかもしれない。

『９対９耐久対九州学院は延長戦に入り…』

（きゅうたいきゅうたいきゅうたいきゅう〜）

かようなアナウンスが行われる確率はいかほどだろうか？　気になる私は､直接耐久高校に赴いた。東京から新幹線に乗り､大阪で在来線に乗り換え､和歌山まで向かった。

小さな駅を降りて5分ほど歩くと、耐久高校の文字が見えてきた。校門を開けようとしたのだが、カギがかかっている。というより、静かである。うかつにも私が訪ねたのは日曜日だった。しかたないので、学校の周りをまわってみる。すると、バスを見つけた。その横腹に文字が…

《耐久高校野球部》

　これで先ほどのアナウンサーの困難なしゃべりが行われる確率が少し上がった。

　ってなことを私のブログに載っけたところ、

「こんなバカなことを書いているヤツがいるゾ、けしからん！」耐久高校のOBの方からお叱りをいただいた。

ちょうどそんなころ、フジテレビのドラマ「仁《じん》」が放映されていた。大沢たかお演じる医者が江戸時代にタイムスリップする話である。そのなかで、醤油屋《しょうゆや》の主人「濱口儀兵衛」役で私が出ていた。じつは、その濱口儀兵衛こそが、耐久高校の創業者だったのである。

江戸時代に、和歌山県を大きな地震が襲った。当時醤油屋を営んでいた儀兵衛は、地震で揺れたあとに大きな津波が来ると予想し、村人をなんとか山の上に逃そうとするのだが、なんせ夜のことで知らせようがない。そこで、まだ穂を取っていない刈ったばかりで積んである稲わらに火を放ったのである。

ゴウゴウと燃える明りに何事かと山の上にやってくる村人たち。その直後、大津波が和歌山の海岸線を襲った。結果この村だけ、村人が助かったのである。いまでも《いなわらの火》という逸話として、絵本となって読まれている。海外でも有名になっている。

東日本大震災ののち、防災の講演会があり、稲わらの火を語る人として、ドラマで儀兵衛を演じさせてもらった私がゲスト出演した。すると公演中に客席から…

「あいつじゃないか？　耐久高校を侮辱《ぶじょく》したヤツは！」

ＯＢとおぼしき方から声があがった。すぐさま平身低頭して謝った。

「はい、わたくしでございます。耐久高校の名前の由来とその精神に濱口儀兵衛さんの人助けの思いが込められていることを知りました。知らぬということはしばしば人を傷つけるということも知りました。その上で、耐久高校の野球部にはぜひ甲子園を目指していただきたいのです。そして九州学院と…」

「わかったわかった、もうよい」

客席のＯＢの方は、おだやかに納得してくれたのである。私がふざけているわけではないことを。

っとここで私は、確率という不可思議なモノに想いをはせた。甲子園の闘いの実況を超える確率のモノはないだろうか？

将棋のテレビ放送では、戦いの最中に《棋譜読み上げ》という習わしがある。指し手を声に出して見ている人に知らせるのである。将棋盤は、９×９のマス目で構成されており、それぞれの場所を表すときに、マス目の数を読み上げる。仮に横３列目と縦五列目の交差箇所に銀が進むと、「さんごうぎん」と言う。ゆえに、７七の箇所に成りこんだ桂馬（ナリケイ）が斜めに進むと、「なななななりけいななめ」と言わねばならない。

さあ、そこでサッカー元日本代表の名波浩選手に娘さんが生まれたら「なな」と名付けてもらい、ぜひプロの棋士になって、７段に昇段してもらいたい。その彼女が、対局中に、いまの場面に差しかかったら、棋譜読み上げ係の方は、必ずこう言わなければならないのである。

「ななみなななだん、なななななりけいななめ」

これが出現する確率やいかに！　読み上げ係の苦労やいかに！　先ほどの耐久高校の確率とどちらが勝るのか？

っとこんなことを言っていたら、ふたたびお叱りをいただくかもしれない。

よくよく見たら 1

!

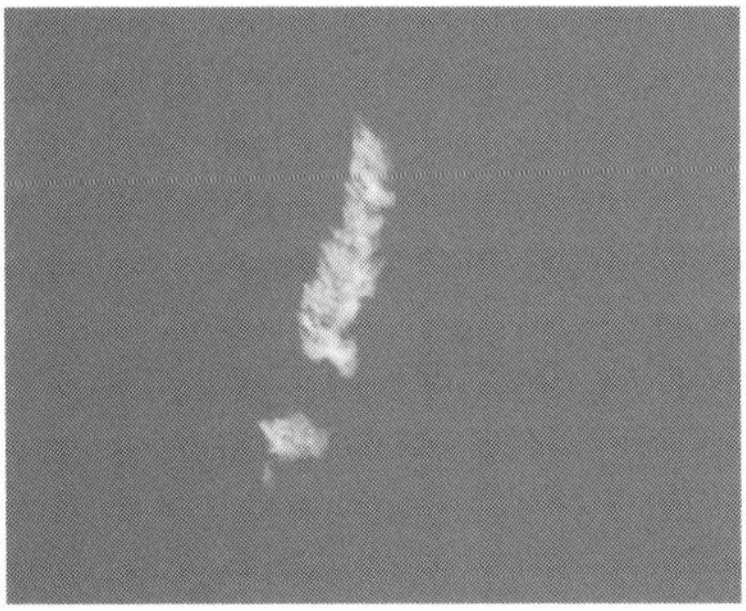

夕暮れどき、西の空を眺めていた。なんだアレは？

心の中で何かがはじけた。声が出たわけではない。あえて声にすると、「アッ！」という場面である。いま、私は、ヒントを言った。

「！」

このマークを「オッタマゲーション」と私は呼んでいる。夕空に、オッタマゲーションがある！　おそらく——飛行機の飛んだあとの、雲の残り切れだろう。

偶然、そこだけが残された。その残り雲が夕陽に照らされた。ステージ上のバックライトが当たったかのようだ。

？（ハテナ）とともに、人間がつくりだした表現方法の最大公約マークが、「！」。

「空が、驚いてほしい！」と言っている。たまには、夕焼けを、きちんと見てくれと言っている。夕焼けを見せるために、太陽が地球の周りをまわっているのだからと、言っている。

まばゆいばかりの天然ショー！

第2章 どっちがどっち

オットセイとアシカとアザラシ

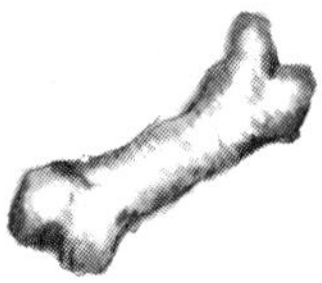

いまだに、よく分からないことがある。ずいぶん努力したが、判別不能な奴らがいるのだ。

日本じゅう旅していると、水族館に行きあたる。必ずといってよいほど立ち寄る。水族館は優れたアトラクション施設として、我が旅の立ち寄り上位に位置する。その水族館で、いまだに、よく分からないことがある。ずいぶん努力したが、判別不能な奴らがいるのだ。そこでアナタに訊《き》きたい。

《オットセイとアシカとアザラシ》を判別できますか？

以前どなたかに、違いを説明してもらった記憶がある。

「おおそうだったか！」

ハッシと、左手の上に右手のコブシを打ち付けた。しかし、ひと晩寝たら分からなくなった。彼らに関心がないわけではない。むしろおおいに興味がある。だって…
水族館に行くと、《アシカショー》なるものがある。当然のごとく、アシカ君がスルーと滑って出てくる。
オウッオウッ
っと同時にオットセイ君も登場したりする。
オウッオウッ
さらには、アザラシ君が、これみよがしに奮闘したりする。
オウッオウッ
君たち喋《しゃべ》り方も同じじゃないか。
オウッオウッ
この三名、芸的には、同じ芸をする。
・ヒゲの上に玉をのせる。
・ワッカを投げると、首で受け止める。
・観客に、片手を振る。

・身体の下で、両手を叩く。
・前足だけで、逆立ちをする。
さあ、いま芸をしたのは、だれだっけかな？　分からない。体色でも判断できない。身体の大きさでも判断できない。舞台上で、こまめに餌《えさ》を投げやっているオネエサンが、

「アシカ君のあっちゃんでしたぁ～」

というから、アシカだったのかと判断しているだけだ。

「オットセイのおっちゃんでしたぁ～」

と言われれば、ハイそうですかと納得する。

どちらかといえば、私は、動物の判別は得意なほうである。動物園に行っても、猿くんと、チンパンジーくんと、オランウータンくんは、はっきり名指しできる。よもや、ゴリラくんにいたっては、
「君ぃ！」肩組みしたくなる。（組めません）
時折、「トド君でした」と言われるトドが登場して、もう一頭判別不能君がふえたかと頭を悩ませることがある。しかし、トド君はさすがにガタイがでかく、ひと目でトド

だと判明する。おおきく成長してくれてありがとう。ついでにセイウチ君は牙《きば》を生やして判別に協力してくれてありがとう。

やはりいまだオットセイとアシカとアザラシの判別がつかない。水族館歴半世紀を超えたのに、まだ判別の方法がわからない。ある意味、彼ら３名に失礼だとも言える。３名に、

「ふざけんな！」と言われても、返す言葉はない。職業人として、同じく舞台で餌をいただいている者としては、

「アンタだれ？」はマズイだろう。いくら似ているからといって、出演者の名前を間違えるとは…

「失礼ですけど、おたく、見栄晴《みえはる》さんですよね」

「…………」

次の列車、こんどの列車

さあ、問題です。これは東京の私鉄、西武池袋線の列車の種類です。
コレを早く着く順に並べなさい。

特急
快速急行
急行
通勤急行
準急
通勤準急

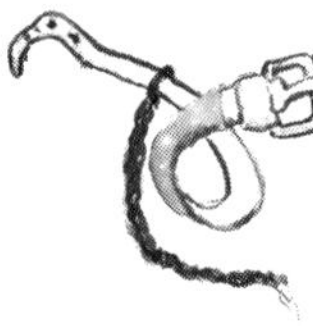

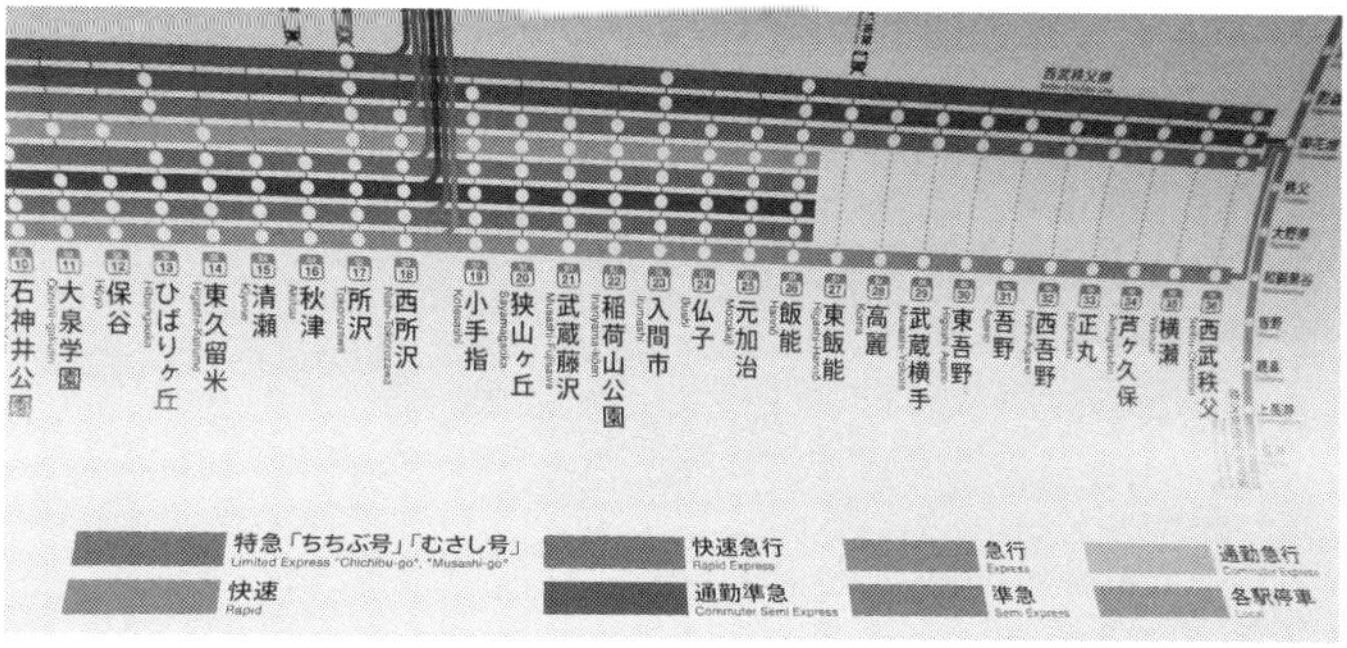

快速
各駅停車

〈特急〉と〈各駅停車〉が、両端に位置するのは、わかる。
しかし、ほかの列車の順位を並べられるだろうか？
〈急行〉のほうが、〈準急〉より早いのは察せられる。では、
〈快速〉は、どこに位置するだろうか？
〈快速〉と〈急行〉はどちらが早く着く？　それどころか、
その二つを合体させた、
〈快速急行〉なんてのもある。まてよ？
〈急行〉と〈通勤急行〉はどっちが早いの？
〈準急〉と〈通勤準急〉はどっちが早いの？
しかも、始発の池袋駅には、こんな表示すらある。

〈こんどの列車　保谷行き〉
〈つぎの列車　豊島園行き〉
どちらが、先に出発すると思います？
つまり、いま、ホームに止まっている列車は、
〈つぎ〉なのか？　〈こんど〉なのか？
二つの意見を聞いてみよう。

「こんどが先に決まっとるですたい！」
いま止まっとる列車が、おるんじゃけ、〈つぎ〉は当然この列車じゃのうて、あとの列車ですわな。となると、〈こんど〉がこの列車なんじゃろう。〈今度〉という文字に、〈今〉という漢字も入っとるし。つぎは次男坊と一緒で、順番はあとですわい。

「つぎが先に決まっとるやろ！」
行列しとる人に向って、「つぎのカタ」っちゅうたら、先頭の人が手を上げるやろお。つまり、いまいるなかで、先頭が〈つぎ〉と言うこっちゃね。「またこんどね」と言うたら、

だいぶ先の話になるじゃないかい。

二つの意見は、一応聞いた…う〜ん、むつかしい、分からん。

こんな分からん表示を、なぜ電車屋さんはするのだろう？　みんな、わかっているのだろうか？　迷いもせずに、客はどんどん乗っていくが、理解しているのだろうか？

西武線に住む方たちには、常識らしい。ひょっとするとコレは、よそ者を見分けるリトマス紙かもしれない。

木材と材木

以前から、どうしていいのか分からない漢字がある。

どう違うのか、判断しきれない言葉だ。

《木材》もくざい
《材木》ざいもく
ただひっくり返しただけに見えるこの二つの言葉。どう違うのだろう？　なんとなく分かるような気がしないでもない。

「ああ〜木材ネ」

「ええ、材木でしょ」

たった二つの漢字が前後逆になっただけだ。なのに、その意図する意味がさほど変

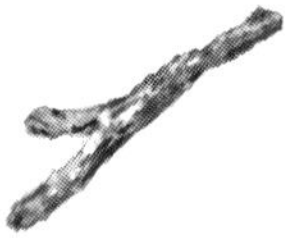

わっていない。それとも変わっているのだろうか？　決定的な違いがあるのだろうか？

哀しいことに、私の友人に森林組合はいない。一応、森さんと林さんという仲間はいて、
自分たちのことを「森林組合」と呼んでいるが森林にくわしくない。相談する近しい人
がいない。いないあまりに、悶々《もんもん》としている。しょうがないので、自分なりの解釈をヒ
ネリだそうとする。

「木材はサ、山から切り出した木の集合体なのサ」

「でね、材木はサ、そのなかの一本を指しているんじゃない？」

う〜〜ん、そうかなあ〜正解のような、間違っているような〜

そうだ、ここはひとつ疑問解明に、ドラマのセリフに頼ってみよう。

「警部、犯人は、木材伐採業者に違いありません」

「そうか、では、木材運搬にかかわる人をあたれ！」

違うドラマでは…

「警部、犯人は、材木の中に爆弾をしこんでます」

「そうか、材木にくわしい警察官を呼べ！」

思いつくままに、ドラマの会話を書いてみた。しかし、この会話のなかの、木材を材

木に代えても、材木を木材に代えても、なんら違和感はない。すべからく成立する。困った…

日本語の漢字のなかで、これほど微妙な判断を迫られる逆転漢字を使った言葉は、あるだろうか？　しかも、常日頃使っている言葉じゃないか？

私は、宣言します。

身体の調子の良い日は、《木材》と呼びます。ちょっと悪い日は、《材木》と呼びます。どっちがどっちでもいいのですが、こういうわがまま、ダメですか？

と言っていたら、友人にひとりだけいた知識人を思い出し、メールをしようとした。その連絡先の名前の欄を見て、仰天した。

木村さん。――木材の話を訊くには、不適な名前ではないのか？　そのときに同時にもうひとり思い出した。――村木さん。

木村さんと村木さん。

木村さんの場合は、名前の憂慮がない。ところが村木さんは長年、名前の悩みに明け暮れているハズ。

「わたくし、こういう者です」
名刺を渡した村木さん。受け取った方がのたまう。
「あ、木村さんですか』
「いえ、村木です」

「わたくし、こういう者です」

「ほう、ザイモクさんですか』

「いえ、むらきです」

村木さんが語るに、人はわざとのように名前を間違うと言う。木村（きむら）という天敵がいるあまり、村木（むらき）という、１８０度回転した名前が、脳みそに響いてこないらしい。響かないあまり、木（き）なのに、末（すえ）と読まれたりする。

「ほう、むらすえさんですか」

まつとさえ読まれる。

「あら、むらまつさんなの」

「いえ、ムラキです」と言っているにもかかわらず、しばらくすると、
「いやあ、キムラさん」
話がふりだしに戻るのである。

ここで、話をまとめよう。

木村と村木。ややこしい漢字を使ったふた文字を有する方たちは、斎藤さんと佐藤さん、伊藤さんと首藤さんらと結託して、一度、一同に会して、日本会議を開いたらどうだろうか？　そこに参加したがる、内藤さん、後藤さん、江藤さん、武藤さんを参加させるかどうかは、今後の課題として、とりあえず、木村さんと村木さんだけの総決起集会を開くべきじゃないでしょうか？　議長は、木材、材木の製材関係をなさっている木村さんか村木さんにやっていただくのがスジかと――

櫓と櫂

「櫓（ろ）」と「櫂（かい）」の違いが分かるだろうか？
ややこしいので、「ロ」と「カイ」とカタカナで記そう。

ロとは船のうしろで漕《こ》ぎ、カイは船の横で漕ぐ。と一言で言ってしまえば、分かりやすいが、そうでもない。船のうしろで漕ぐカイもあるから、ややこしい。

もっとややこしいのに、佐渡のたらい舟なんぞは、前でカイを漕いでいる。しかし基本的には、カイは、公園の池でボートを漕ぐオールを思い浮かべればいい。

で、ロだ。ロを漕ぐのはむずかしい。

「ロが漕げれば漁師として一人前」の時代ははるか昔の話。はるか昔とは言わないが、60年ほど前、まだあどけない顔をした、けんじろう君という少年は、ロを漕いでいた。

大分県の臼杵《うすき》市のリアス式の海に、小さな船を漕ぎ出していた。4人も乗ればいっぱいの船の船長として、ロを漕いでいる。

「竿《さお》さし3年、櫓7年」と呼び、ロを漕ぐのはむつかしい。大人がならうとイヤになる。その点、子供はロの動きを自然にからだで覚える。

小学3年生のけんじろう君は、ロに向いていた。すぐに覚え、直進、カーブ自由自在。立って漕ぐのは当たり前なのだが、やがて、座って漕ぐ技すら習得した。なぜ座って漕ぐのかといえば、漕ぎながら釣りをするのである。片手でロを漕ぎ、反対の手で、釣り糸をあやつる。まるで熟練漁師そのものである。8歳の子供としては、大人顔負けの出来すぎなふるまい。

ロの漕ぎ方を教えてくれた父親が、

満足気に座り、やはり釣り糸を垂れている。

っとやには、釣り糸がグイッとひっぱられ、水深20mほどの海底から…

「ハゲじゃぁ〜！」

九州では、カワハギのことを「ハゲ」と呼ぶ。ハゲ釣りに夢中になっている親子である。ハゲを釣りあげ、ハゲを食べるのを楽しみにしている親子である。

自分がまだハゲていないから、

「ハゲハゲ！」と嬉しそうに騒いでいる父親であった。

その遺伝だろうか、あれから60年経ったいま、そのハゲを釣り、

「マルハゲじゃあ〜！」と騒いでいるいい年をこいた息子であった。

サーフィンとウインドサーフィン

「サーフィン、最近いかがですか?」

つい昨日も質問された。私は、サーフィンはやっていない。ウインドサーフィンをやっている。

たしかに語尾にサーフィンという名前が付属しているので、混同されておられるようだ。では、バレーボールとバスケットボールを混同するだろうか? 同じく、ボールが語尾に付属している。

「いやいや、マイナースポーツと話を一緒にしてもらっては困る」

その気持ちは分からんでもない。が、しかしサーフィンとウインドサーフィンは、似て非なるスポーツである。同じく海の上(水の上)で、身体を動かしているのは、間違

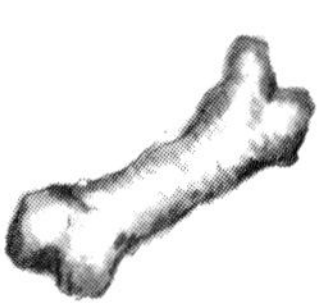

いないが、一緒に同じところで共存はしていない。

たとえば、バレーボールとバスケットボールは、室内球戯場で、同時におこなえる。サッカーとラグビーは、ほぼ同じフィールドでおこなう。と辿《たど》ってゆくと、どうやら混同されている方は、スキーとスノーボードほどの違いと考えているのではないか？ところが、サーフィンとウインドサーフィンは、その違いをはるかに超える違いがある。私的には、野球とサッカーくらいの違いがある。

・サーフィンは、《波》が重要であり、ボードだけで遊ぶ。

・ウインドサーフィンは、《風》がすべてでありボードの上にセール（帆）が付いている。

スキーとスケートほど違うと語る人もいるし、マラソンと自転車レースほど違うと主張する方もいる。なのに…

「イシマルさん、今日もサーフィンですか？」

最近、質問してきた当人に、違いを説明してみた。冒頭から述べた内容を、具体的にかみ砕いてお話した。絵も描いた。動画まで見せた。ハイエースを開けて、道具を見て

時速 73.71 キロでカッコよく。
台湾ポンポンビーチでのスピードチャレンジ。

もらった。私の説明に、いちいち頷《うなづ》いている当人が微笑《ほほえ》ましかった。

やっと理解してくれたことで、肩の荷がおりたような気までした。

そして別れ際、かれが…

「ところで、今日はいい風が吹いているんじゃないですか？やるんですか、サーフィン？」

マトンとラム

羊肉、マトン、ラム、

その昔（５０年ほど前）は、食べようと思っても、いったいどこの店で食べられるか、探し回らねばならなかった。探し回っても、どこにもなかった。ヒツジ好きとしては、毎日でも食べたい肉である。

そのころは、肉が貴重品であったのだが、マトンだけは、手に入れやすかった。安い値段で、父親が買ってきて、家族でむさぼり食った。５人家族で、２キロのマトンを食いあさった。アフリカの草原で、獲得したシマウマの肉に群がる、ライオンの家族に似ていた。たとえが下品で申し訳ないが、滅多に食えない肉の食い放題に、腹ペコの身体

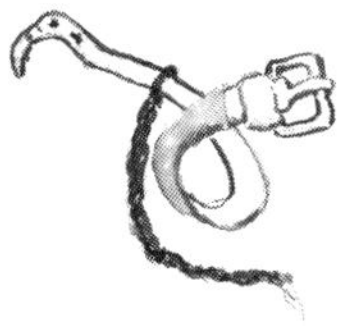

が燃えた。

土曜の夕方、縁側の外庭に七輪《しちりん》を置き、炭を熾《おこ》す。網を敷き、母親がつくる特製のタレに付け込んだマトンをあぶる。「しっかり火を通してネ」声をかけられるが、ライオンならぬハイエナの子供たちの目は、「しっかり」が待てない。箸《はし》と箸がぶつかりながら、野良の争いをしている。2キロ割る5人は、ひとり400グラムのハズだが、次男ハイエナは600超えを狙っている。

「ちゃんと噛《か》みなさいヨ」そんな言葉を聞くはずもなく、ひと噛みしたら呑み込んでいる。そのくせ猫舌なので、アゴを上下に揺すりながら呑み込むさまは、犬類が肉を咥《くわ》えて咀嚼《そしゃく》する動きに似ている。

肉の名前は、「マトン」と教えられただけなので、その正体を知るのに10年以上の年月が必要だった。正体を知ったころに、なぜか冬の上着にムートンの防寒着を着ていた。マトン＝ムートン
さすがに気付いた。その中身を食らって育ったのだと。動物性肉類たんぱく質の大部分を、ムートンからいただいたのだと。

いまでは、「ありがとう」と感謝の言葉をかけるしかない。しかないのだが、さらに

いまでは、その子供たちに手をかけている胃袋と舌に、「ちょっと待て」の気持ちが湧《わ》いているのは、確かだ。

え～と、子供たちとは、もちろん《ラム》なのだが…

ラムには、３０歳を過ぎてから出会ったのだが、その旨さに感動すらした。あれだけマトンに目を輝かせていた自分を放棄して、すぐさまラム党となった。街中の店の看板にラムの文字を見つけると、胃袋が直撃を受ける。口中にヨダレがあふれる。脚気《かっけ》の診断に足のヒザ下を叩くという行為があるが、ラムの文字を見た反射神経はあれ以上の反応をみせる。さすがにマトンで育った身体は嘘《うそ》をつかない。ＤＮＡがラム仕様に書き換えられたようだ。

いずれ、ラム塚をつくらねばと考えている。

露天風呂と野天風呂

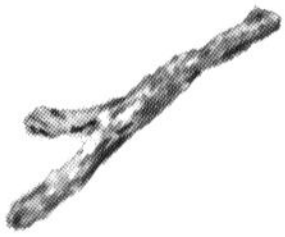

《露天風呂》と《野天風呂》
　ろてんぶろ　　のてんぶろ
アナタにこの区別を説明できるだろうか？　では、私なりの説明をしてみたい。
《露天風呂》とは、温泉などの宿のお風呂に付随して、外に張り出して設置されたお湯のこと。
《野天風呂》とは、野外にむきだしに設置されたモノで、わざわざ掘って湯を溜めたり、石で囲ったりして、脱衣所も、仮のものがつくられていたりするモノ。
なんとなくイメージで語ってみた。
そもそもどちらが先だったかと、おでこに指を当ててみると、野天風呂という言葉が

先だったような気がしている。もしかすると、野天を露天と、聞き間違えた人が、たまたま旅館の御主人で、

「おぅ、ウチも「ろてん風呂」をつくってみよか」

てなノリで拵《こしら》えたのではないか？

（違ったらごめんなさい）

双方、外から覗《のぞ》こうと思えば、見えないこともないのだが、露天の名称には、露出の露が使われており、あやうさでは、軍配があがる。

しかし、山の中にある手作り感あふれる野天風呂のほうが、明らかに、見られる可能性は高い。いや、見られることをつゆとも恥じない人たちが、堂々と入湯している。

いま、つゆという言葉を使ったが、変換してみると「露」になった。

野天の話をしているのに、「露天」関係が顔を出すのは、いかがなものか。

つまり、野天風呂のほうが、解放感に満ちている。

「スッポンポン」という言葉を惜しげもなく使いたくなる。自然のなかで、だれ恥じることなく裸でいたい、この欲求を叶えられるのが、野天風呂である。

これがもし、風呂もなく野原に、ただ裸でいたならば、露出狂呼ばわりされてしまう。

アッ、また「露」の文字が…

これは露天風呂の嫉妬《しっと》だろうか？　あまり解放感がない風呂に自信を失いかけて、野天風呂を妬《ねた》んでいると、言えないだろうか？

実際、「露天風呂」の矢印に導かれて、旅館の廊下を進んでいくと、脱衣場があり、ドアを開ける。さらに外側のとびらを開け、出てみるのだが、なんと、3方向が囲まれており、残った方角も半分が塀になっていたりする。おまけに、雨よけに屋根まであるじゃないか。

これなぞは、蕎麦《そば》屋の表記に、「手打ち風蕎麦」とあるように、「露天風風呂」と書くのが誠意かもしれない。

かわいそうに、露骨な非難を浴びせられる。また「露骨」と露が露出した。ここで、露西亜《ロシア》を持ち出さないだけでも、よしとしなければ…

うんもう、手が焼ける露天風呂だなぁ～

好きなんだけれど…

ツツジとサツキ

《そめいよしの桜》と《八重桜》の区別はつけやすい。
八重桜のこんもりした花びらの付き方で分かる。

では、《椿《つばき》》と《サザンカ》の違いは？
♪～サザンカ、サザンカ咲いた道ぃ～♪
どちらも、たき火を焚《た》くような寒いころだ。
北風ピィプゥ吹いている季節だ。
答えは、花の落下の仕方でわかる。
サザンカは、ハラハラと花びらが落ちる。

対し、椿は、ボタリと落ちる。
江戸時代には、そのボタリの落ち方が、
武士の首が落とされる様に似て縁起が悪いってんで、嫌われた。

では、《ツツジ》と《サツキ》の違いは?
サツキとは五月とも書くのだから、五月に咲くのだろう。
でもね、ツツジも五月に咲くヨ。
覚えやすいのは、葉っぱだ。
葉っぱが大きく光沢《こうたく》がないのが、ツツジ。
小さくてツヤツヤしているのが、サツキ。

先にツツジが咲く。
その後、サツキが咲く。

さて、こういうどっちがどっちの問題は、

教えてもらった直後はしっかり覚えている。
しかし、時間が経てば忘れてしまう。
とくに花の問題は、一年に一度しか考えない。
アナタはたぶん、来年、どっちがどっちだか分からなくなる。
分からなくなっても、生活に困らないのだから、
覚える気がナイとも言える。

フィギュアスケートのルッツとトゥループの区別がいまだに分からない人には、
難しい問題かもしれない。

よくよく見たら②

?

三重県松坂市から JR の列車に乗って名古屋に向かった。列車はほどなく、つぎの市つまり三重県の県庁所在地に着こうとしていた。ガタンゴトン…車窓越しに眺めると、駅が近づいてくる。
（なんという駅だろう）ホホをガラスにくっつけて、覗《のぞ》き見る。やがて、ホームの看板が、遠近法による台形に見えてくる。（ん、なんじゃ、あれ）なんと、その看板にはこんなマークが…

?


駅名の看板に「？」のマークだ！

即座に、は・はあ～ん、読めたぜ！　チッチッ（人差し指を振る音）

ここの駅長さん、ホームの工事中なのでシャレにこんな看板を出したんだな…「ハテナ」と。

イキなことやるじゃにゃ～の。と、思っている間に、どんどんホームが近づいてくる。

？が、だんだん横に伸びてくる。どんどん伸びきった …

つ

津

こう書いてある。当時、駅名は、ひらがなは大きく、漢字は小さい（5対1）。そうだった、三重県の県庁所在地は　津市だった！

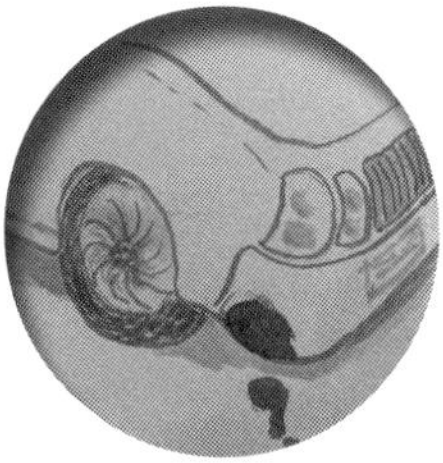

第3章 そんなアホな…

カップ音階説

♪〜ミ・ソ

アナタにすぐ実験をしてもらいたい。そこらへんにある、マグカップを手に持ってほしい。テーブルの上に、ソレをなにげなく置いてもらいたい。さあ、そのとき、二つ音がするはずだ。コップの底が、二か所順番にテーブルに触れることによって、音が二回する。その音階を、よお〜く聞いてみましょう。最初の音より、二番目の音のほうが音階が高い。ドレミファで言えば、ミとソくらい違う。

では、こんどは、そお〜とカップを置いてもらいたい。二つ音をたててほしい。こんどは、音階はどうだったでしょう？　ソ、ミと、二番目のほうが音階が下がったのに気

づいたかな？

この、「なにげなく」と「そお～と」では、カップがたてる音階が変わるのだ。コレは、カップだけでなく、ほとんどの物体でも同じだ。同じと断定したのは、私が実験したからです。さっき、部屋中にある物体をテーブルに置いてみた。屑箱も、ティッシュの箱も、花瓶《かびん》も、なんでも置いた。「ミ・ソ」と「ソ・ミ」の違いを確認した。

その結果、このような結論に達した。

乱暴に置けばおくほど、

二番目の音階は高くなり、

そお～と置けばおくほど、

二番目の音階は低くなる。

《カップ音階説》の誕生である。

この《カップ音階説》を、現実社会に応用してみよう。

うしろの席で、部長がコーヒーを飲んでいる。部長の今日の機嫌《きげん》が、カップを置くときの音で判断できる。二つ聞こえる音階が、上がるのか下がるのかで分かるのだ。

上がれば…動作がはげしいので、不機嫌。

下がれば…ゆっくりした動きなので、安定。

朝、カミサンのマグカップの音が、

「ミ・シ」っときたら、逆らわないほうが賢明だ。

「だれ？　扇風機をテーブルに置いたの！！」

マイ吊り輪

朝の通勤ラッシュ時の電車の混み方は、依然として異常である。「すし詰め」という言葉の発祥場所かとさえ思われる。むしろ寿司をこれほど詰め込んだら、ガチガチに硬くなって、もはや食えなくなるではないか…てなことを考えながらカバンを抱えて揺れている。

時折ガタンとおおきく揺れる。全員で倒れ込みそうになる。

ぎっしりのウチはまだいい。すこしだけ隙間ができるようになると、もういけない。揺れるたびにアッチにコッチに倒れそうになる。隣の人も倒れ込んでくる。上に手を伸ばして吊り輪につかまりたいのだが、絶対量が少ないので、つかまる吊り輪がない。

吊り輪をつかむのに抵抗がある人が増えている。理由はわかりやすい。人が触った吊

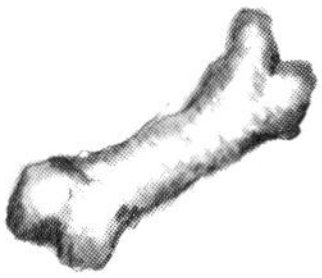

り輪を触りたくない。ウイルス問題をはじめ、さまざま…そこで、こんな提案をしたい。

《マイ吊り輪》

電車に乗ったアナタは、鞄の中から、自分専用の吊り輪を取り出す。そいつをヒョイと、頭上の銀色の金属棒にかける。取っ手を握れば、引っかけ部分が締まるようになって固定される。はずすときは上に持ち上げればよい。長さも自在に調整できる。

身長が低い女性に、どうだろうか？　あるいは、ウイルス問題で敏感になっている人に、いいかもしれない。手を確実に頭上に上げられる。痴漢疑惑防止にもなる。

吊り輪の絶対数が足りないラッシュ時の電車では、自前の吊り輪だ。お望みならば、伸びる部分に、コマーシャル文字を入れてもいい。

《引越しのサカイ》

《ラッパのマークの正露丸》

《痴漢・見つけます！》

犬に噛まれない

犬に好かれる。どのくらい好かれるかというと、破格にナメまわされる。人のうちに行くと、犬のキャンディになる。匂いがいいのか味がいいのか、ずっとペロペロされ続けている。歓迎の意をこえている。飼い主が餌をやると、それをむさぼり食いながら、私の手をペロペロなめている。まるで食事中のドレッシングかマヨネーズ的な扱いだ。

犬たちのペロペロは嫌いではないのだが、その直前に何をペロペロしたのか説明してくれないので、手はまだいいが顔面をなめまわされると、ちょっと待てとホホをつまんだりする。ヨダレはやめてくれと、耳を引っ張ったりする。

できることなら、親愛の情は、ウインクとかで済ませてもらいたい。ソッチ方向に進

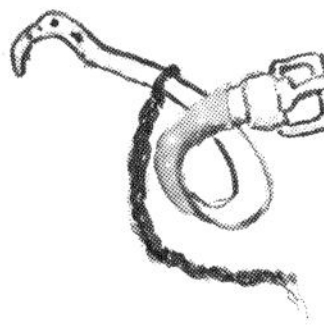

化してほしかった。

犬に噛《か》まれたことがない。人は犬に噛まれると苦い記憶が残るので、残っていないということは、幼少のころにも噛まれてないと言える。時に番犬のなかで、やっかいなのがいる。

「ウチの犬には絶対手を出さないでください」人んチに行くと、やんわりと諌《いさ》められる。お客さんを噛むので気をつけろと言っている。そんな犬がワンワン吠えているときは、人は近づかない。ところが、なぜか私が訪ねてゆくと、寄ってきて私の手をペロペロなめだす。諌めたご主人はびっくりしている。

さらには、ある家にお呼ばれすると、「絶対よその人には懐《なつ》かず噛みます！」と注意された犬相の悪い番犬が庭にいた。うぅぅぅ～うなっていた犬が、突然私の前でゴロリと横になり、足にじゃれついてきた。飼い主の驚かんことか！

これは、私のことを親分と思っているとか、尊敬しているとかではなく、単なるいい匂いの友達と思っているフシがある。いい匂いというのは、人間が考える香水的なものではなく、野良の臭い匂いを想像したほうが当たりであろう。

ところが悪いことに、そのこわもて犬の尻尾を間違って踏んづけてしまったのだ。すると、跳び起きるなり私の足をガブリと噛んできた。いや噛んだと思ったところで、やんわりと噛みなおし、やがてペロペロとなめているのである。人間が友人の失敗に「おいおい、なにやってんだヨ」と苦笑いをしている対処に似ている。

その昔、役者の酒井敏也君と一緒に都内をジョギングしているときだった。私の３mほど後ろを走っていた酒井君が、突然キャンキャンと悲鳴をあげだした。振り返ると、おケツに犬がぶら下がっている。噛みつかれたのだ。犬は中型犬で、なかなか離さない。グルグルと回りながらおケツにぶらさがる犬。あまりの可笑《おか》しさに手助けを忘れて、しばし観客となってしまった。

同じところを走っていた私は噛まれず、酒井敏也君は噛みつかれる。犬にとって噛みたい何かが彼にそなわっているらしい。

あるとき、こんなこともあった。土佐闘犬を飼っている方の庭で、ウインドサーフィンの道具を組み立てていた。太い鎖《くさり》でつながれた「カイ」と名付けられた大型闘犬。飼い主家族にも噛みつくと言われ、恐れられていた。獣医が注射を打つのに、飼い主が柱にクビを括《くく》り付けなければ打たせてもらえない恐るべき存在だ。さすがの私でも頭を撫《な》でたことはなかったし、鎖の長さの内側に近づかないようにしていた。

しかしその日は、眠っているカイに油断していた。つい近くで組み立てをしていて、あろうことか、つまづいて転んでしまったのだ。転んで倒れた先が、カイのおケツの上だった。

犬という動物は、頭を叩《たた》かれるより、下半身を強く打たれると俄然《がぜん》怒る。子孫を残すべき下半身の大切さに異常に反応する。そのおケツに私の頭が思い切りゴツンとぶつかった。

体重が70キロもあるメス犬。のそりと私の倍ほどもある顔をあげる。ギョロリと目をむき、おケツにぶち当たった物体をねめつけている。目と目が合う。その距離、60センチ。（おわったナ）

しばしのにらみ合いののち、バタリ、ふたたびカイは眠りはじめたのである。この話を聞いたカイのご主人は、「アンタを仲間の犬と思ったんじゃな」

喜ぶべき特性なのだが、私は犬を飼ったことがない。飼いたい気持ちはあるが、家にジッとしていない特性もある私には、似た動物は飼えない。

群れとしてはどっちかがリーダーにならなければならないハズ。好き勝手にリードに振り回されるのはゴメンなのである。自分がリードを引っ張る側になりたい。そのリードすら引きちぎって飛んで行きたい。そんな人に犬を飼う資格はないだろう。

このまま、人んチのワンくんのキャンディでいようと思う今日このごろ――

春夏秋冬

春夏秋冬

漢字の書初《かきぞ》めをしている。そのときにあることに気づいた。この四文字の漢字には共通のモノがある。何だろうか？　答えを先に言ってしまおう。

漢字のなかに、右下に伸ばそうと思えば伸ばせる画がある。言葉で説明するのは難しいので、絵を見ていただこう。「ほお～」と思ったアナタ。「なるほど」とおでこを叩《たた》いたアナタに問いたい。四文字熟語の漢字で、四文字ともこのように右下にビヨ～ンと伸ばせるモノがあるだろうか？　ずいぶん頭をひねってみたものの、思い浮かばない。

となると、この四季の漢字は、意図して右下に伸ばせる漢字を集めたとしか思えない。

右下伸ばしに合格した漢字だけが、フォーシーズンに使われたわけです。

書初めに私が書いた春夏秋冬の書をこう読んでいただくと、一年じゅう風に飢えているウインドサーファーは泣いて喜びます。

《かぜまみれ》

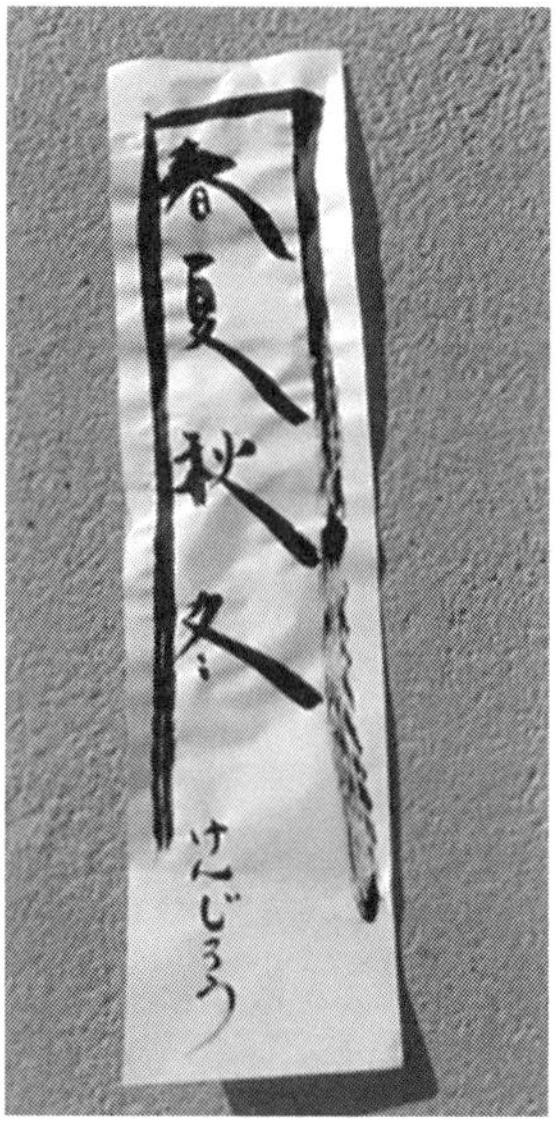

定食屋の紙芝居

友人たちと塩ムスビについて語る機会があった。そこで「海苔《のり》はオカズだ」と言ったら、「海苔は、オカズには含まれないでしょ」との意見がでた。では、その意見に反論してみよう。

アナタが旅館に泊まっているとしよう。朝食の大部屋に行くと、一人分のオカズが並んでいる。

仲居さんが、ご飯と味噌汁を持ってきてくれる。箸《はし》をつかみ、全体を見回す。卵焼き、干物の焼き物、つくだ煮、煮物、漬物。

よおしと、箸を伸ばそうとしたら、端っこに、蓋《ふた》つきの物体がある。一辺5センチ×10センチ。高さ2センチの箱。蓋をあけると、中に5枚ほどの焼き海苔が横たわって

いる。パリッとしている。ここで想いが湧《わ》く。

「海苔だけ、乳母日傘《おんばひがさ》なんだナ…」

大切にされている。「蝶よ花よ」とまではいかないが、特別待遇なのは間違いない。

単に、「湿気《しけ》ると困るので箱入りに」との説明だけでは、納得できないほどの待遇である。

時には、こんな仕掛けすらある。

「火をおつけしますネ」

仲居さんがチャッカマンで、カチリと火をつけてくれる。そこには、直方体の木製の箱があり、内部の網の上に海苔が乗っている。つまり、食事現場で、「炙《あぶ》る」のである。ただの海苔を、お客さんみずから、焼き海苔に変化させている。これは、もはや「蝶よ花よ」と呼んでもいいのではないか。

「いやあ〜　海苔はオカズではないよ」

という方には、コレはどう思われますか？

最近のシステム化された、定食屋さんに入る。入り口近くの自動販売機で、食券を買う。カウンターテーブルに座る。カウンターは向かい合わせになっている。

さあ、このカウンターがおもしろい。たとえば、吉野家の牛丼などの店では、カウンターに座れば、お向かいさんの顔が見える。ところが、この店（宮本むなし）などでは、お向かいさんの顔は見えない。向かい合わせのカウンターの間に、頭の高さまで衝立《ついたて》がある。

しかし、下側、20センチくらいが窓になっているのだ。紙芝居の画面ほどの窓枠《まどわく》が筒抜けになっている。つまり、コロナ以前なら、握手をしようと思えばできる空間があるのだ。すると、どうなる？　ちょうどというか、画面の大きさがピッタリというか、お向かいのトレイに並んだ献立が、すべて拝見できるのだ。

彼は、ハムエッグ定食を頼んだらしい。お向かいさんが《彼》とわかったのは、少しだけ垣間見える縦じまのワイシャツとネクタイから想像させてもらった。

彼が、無類の卵好きだということも分かる。ハムエッグが付いているのに、別品で、目玉焼きを頼んでいる。その上、横に卵の殻が転がっているところを見ると、生卵のボタンも押したらしい。その生卵を最初に掻《か》きこんだ形跡が、ごはんに残っている。

時折、ハシがす～と降りてきて、ハムをつまむ動きがおもしろい。ハムが、なかなか千切れず、いらいらしているようすがわかる。彼は、エッグをプチっと潰《つぶ》してハムに塗りたくる派であることも判明した。通常の定食屋では、こんな観察はできない。視線を感じた彼に、トガメの睨《にら》みを受けるであろう。ところが、ここでは、見放題。覗《のぞ》き放題。

「おまちどうさま〜」

やっと、私の《サンマ焼きと出し巻き卵定食》がきた。別品で、納豆と生卵のボタンも押した。こちら側の人も、無類の卵好きなことが、彼にバレタかもしれない。でも、彼のように、いきなり卵だけを掻《か》きこむ、なんて野蛮な振る舞いはしない。

納豆を捏《こ》ね、その上に卵をかける。あくまで、納豆の付属物としての卵利用である。

「出し巻き卵はどう説明するのだい？」

あれは、サンマ定食に、最初から付随していたのである。違う品、たとえばほうれん草のおひたしであっても構わなかったのである。きっと、卵好きの彼が、ネチネチと観察しているはずだ。そう簡単には、出し巻き卵に手は出さないでおこう。

おっ、彼のハシが海苔に伸びた。そんな付属品があったのだ。そして、その海苔を、エッグを食べ終えた皿にゴシゴシとなすり付けている。卵の黄身と醤油の残骸になすり付けた挙句、ひょいと裏返し、裏もゴシゴシやっている。卵まみれのビトビトの海苔をつまんだハシは、すぅっと上に消えていった。しばらく、画面に何も現れない。ん…どうしたんだろう？　すると、ドスン。

　トレイの両側に、御飯を持った左手と、ハシを持った右手が落ちてきた。よほど、美味《おい》しかったに違いない。両手はしばし動かず、胸のネクタイが少しだけ上にあがった。あれは顔を空に向け、立派に仕上げた海苔の旨さを天にむかって感謝しているのであろう。感嘆の溜息で余韻にひたっているのだ。

　よおし、こうなったら私の魚食べの妙技を見せてやろう。いかに、魚を隅々までいただくか、お見せしようではないか。サンマをほぐす。あっという間に、全身の身をたいらげる。通常、ここで、食べの完了となる。だが、私のツイバミはここからはじまる。

　サンマの小さな頭をツイバム。原型がなくなる。尻尾をツイバム。尻尾そのものがなくなる。骨をシャブル。

　あれっ、向こうの画面が動かなくなったな。そ〜と、体を低くし、のぞき見る。ありゃ、いつの間にかいないじゃないか。見てくれなかったんだ…私のツイバミを。まだ出し巻き卵にハシもつけていないというのに！

いつでも夢を

歌の歌詞を、誤解して歌っている場合がある。
私のケースは、この歌だ。

《いつでも夢を》昭和３７年
唄　橋幸夫　吉永小百合

星よりひそかに、雨よりやさしく
あの娘はいつも歌ってる
こえがきこえる　淋しい胸に
涙に濡れたこの胸に

一番の歌詞を書いてみた。

けんじろう君がこの歌を聞いたのは、小学高学年のころ。大分県の田舎だった。

歌詞の3行目に注目してほしい。

「こえがきこえる」

コレを漢字に当てると、

「声が聞こえる」

誰が聞いても考えても、声が聞こえる、である。

ところが、けんじろう君にはそう聞こえなかった。

当時の田舎は、田んぼや畑ばかりだった。畑の中には、糞尿《ふんにょう》を溜めて、醗酵《はっこう》させ、有機肥料として、畑にまくための、《肥溜め》があった。かなりの匂いを発し、子供たちには、《コエタコ》と呼ばれていた。

「おおい、また、だれかコエタコに落ちたゾ！」

コエタコは、周りに囲いがなかったセイで、年に何人か中に落ちた。命にはかかわらなかったものの、村では、中傷のタネとなった。

「○○ちゃんが、コエタコ落ちたで〜」。○○ちゃんは、傷ついた。

けんじろう君は、落ちなかったものの、かなり際どい場面に何度も遭遇した。

「おっとっと、ひえ〜あぶねえ〜！」

自転車の前輪ギリギリで止まったこと限りなく。

なんせ、道路の脇にあるのに、囲いがない。壁や、垣根がないのである。


そんなとき、あの歌が流れてしまった。

「こえがきこ〜えるぅ〜」

けんじろう君の頭脳は、瞬時に反応した。

「こえがき？」

肥えの垣根?…肥垣！

あってほしいと願っていた、肥えの垣根…肥垣だ！

「肥垣　越〜える」

なんと、肥えの垣根を、越えようというのだ！　越えたらどうなるか？

ドボン？

恐ろしい結果が待っているにもかかわらず、勇気を持って越えようというのだ。

そう！　けんじろう君には、この歌《いつでも夢を》は、「いつでも勇気を持っていこう！」という歌となった。コエタコに落ちるかもしれないような悲惨な状況でも、あえて立ち向かい、勇気を持って生きていこう！　コエタコくらいなんのその！

この思いこみが間違いだと知ったのは、20年後の30歳のころのカラオケである。カラオケの画面に流れる文字を見て、しばし身体が止まってしまった。時間すら止まった感があった。

真の意味は知ったものの、いったん思い込んだ解釈はなぜかくつがえらない。私の耳にはあくまで、「肥垣　越～える」としか聞こえず、いまでもだれかが唄っていれば、私の身体は、肥えの垣根を超えるために右足をあげているのである。右足を上げながら、勇気をもって生きていくんだと、背筋を伸ばしている。人生で苦しいとき、悲しいとき、この歌を唄い、右足をあげようとしている。

さあみんな、大きな声で、勇気の歌を唄おうではないか！

「♪〜こえがきこ〜える〜♪」

落ちましたよ、ネクタイ

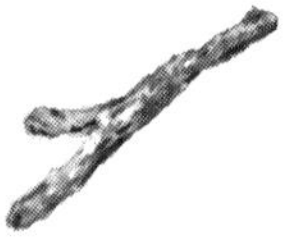

あまりの瞬間のできごとに、救助の手をさしのべることができなかった。いまどき、コントでも、白々《しらじら》しくてやらないコントもどきに出会ったのだ。
そこは、都内の地下鉄のホームだった。
列車から降りた私が、階段にむかっていると、向こうから、黒い礼服姿のオジサンが歩いてきた。おもしろいことに、オジサンは口に切符をくわえている。いまどき、パスモやスイカではなく、切符を購入したオジサンだ。礼服を着ているので、おそらく式に出るため、他県から遠征してきたのだろう。両手で、胸の所に紙袋をかかえ、いかにもあわてているふうだった。
そのオジサンのポッケから、何かが落ちた。白いネクタイだ。どうやら結婚式の帰りらしく、白ネクタイをはずして、ポッケに入れていたらしい。そいつが落ちた。さあ、ここから、瞬間事件がはじまる。これから話すのは、たった5秒間のできごとである。ネクタイが落ちたことに気づいたオジサンは、とっさに袋を持っていた片方の右手をさしのべた。間に合わないのは分かっていても、反射神経がそうしろと命じた。

当然ながら、バランスをくずした紙袋は落下する。ガチャンッ！

紙袋が、ホームのコンクリに激突する。なにか、堅いモノを入れていたとみえる。っと、その瞬間！

「アッ！」

オジサンの口が開いた。よほど大事なモノが入っていたのだろう。アッと口が開けば必然、さっきからくわえていた切符が空を舞う。ヒラヒラ～

「ああ～～～」

切符は風にのりホームから線路のほうへと飛んでゆく。すぐさまオジサンが追いかける。出した右足が、いま落とした紙袋を踏んづけた。グシャリッ！　いやな音がした。破れた紙袋から赤い液体が流れだしてきた。落としたときすでに割れていたのか、みずから踏んづけたときに割れたのか、赤ワインらしき液体がホームのコンクリに流れ出す。

それでもオジサンは切符を追いかけ、二度三度、切符を踏もうとする。が切符は列車の出入りの風にとばされ、ヒラリクラリと逃げ回り、ホームから落下するギリギリのところで、袋を踏んだ皮靴でムンズと踏みつけられた。

オジサンの手で拾い上げられた切符には、靴底の赤い跡が付いている。ということは…原因をたしかめるべくゆっくり振り返るオジサン。点々と床に付いた赤い足跡。その先で、落とした白ネクタイが赤く染まりはじめている。

その光景を見ていて、ふと《落ちていたモノ》に想いがよみがえった。

とある旅館の階段で見つけたモノがある。早朝、朝風呂を浴びようと階段をトントンとおりていると、旅館に備え付けの帯が、だらしなく落ちていた。この落ち方は、けっして置いたわけではない在り方をしている。どう考えても、歩いている最中にハラハラと落ちたとしか思えない在り方だ。

では、落とし主は、どういう状況で落としたのだろうか？　さらに言えば、落としたことに気づかなかったとでもいうのだろうか？

夜、遅くまでグビグビお酒を楽しんだ御仁は、階段をおり風呂場に向かおうとした。

風呂の扉を開けようとするが、午後10時までと書かれた札を見て、残念に思い、くびすを返す。「よいしょよいしょ」登りの階段は深酒のセイで、足元がおぼつかない。息もあがる。

そのうち、ちゃんと結んでいなかった帯が解けはじめる。ダラリとたれ、やがて階段の途中にばらつきながら落下する。しかし、もはやそれどころではない御仁は、部屋に帰りつくことに懸命である。

風呂だって、入れるかどうか分からなかったが、下りの階段だったから降りてきたに過ぎない。いつのまにか帯をなくし浴衣ははだけているのだが、とにかく部屋へ部屋へ

…やがて部屋に帰り着くなり、バタンキュ～

その結果を早朝、私に見つけられたというわけである。見つけた私は、すぐさま自分の部屋に舞い戻り、デジカメを持ってふたたびこの現場に戻ってきたのである。

性格が犬だとご苦労だね。

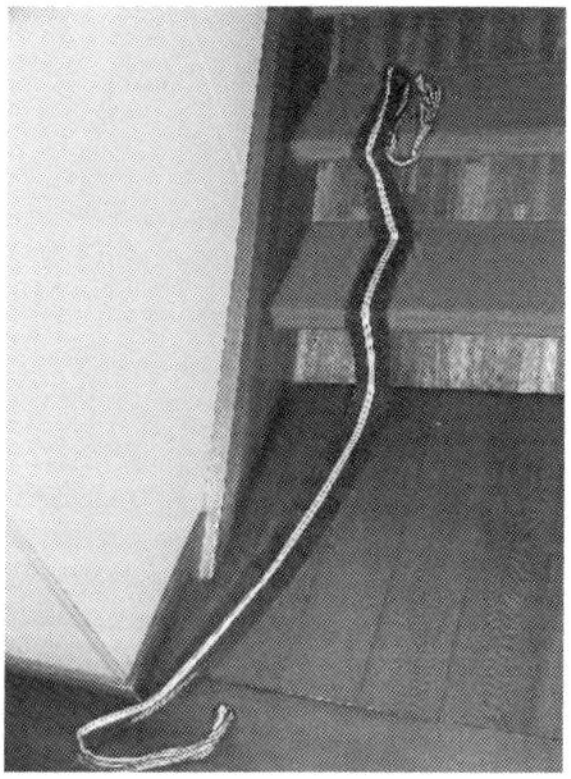

那須岳の岩物語

次ページの写真は、那須岳の頂上直下の岩の群れである。

ここに、物語りが見てとれる。右側に大きな岩があり、その岩に頭をくっつけた子供岩がある。その後ろから、婆ちゃん岩が、なにやら語りかけている。

では、それぞれの岩の語りを聞いてみよう。

大岩「小僧ぅ、さっきナンて言ったんだ」
子岩「なぁ～んも」
大「母ちゃんのバカと言っただろ」
子「だぁって、バカだもん、チョコ食べちゃダメとか言うんだもん」

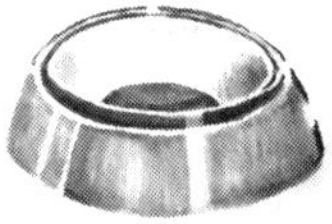

大「母ちゃんはバカじゃないぞ、毎日ゴハン作ってくれるだろ」

子「う…ん」

大「おねしょした布団《ふとん》、干してくれるだろ」

子「……」

大「覚えてないだろうが、君のきちゃないオムツはだれが替えた？」

子「……ボク」

大「覚えてるのか？」

子「…いや」

ここで後ろから婆っちゃの登場。

婆「ホラホラ、おっちゃんに謝りなさい」

子「だぁって…」

婆「アンタがチョコばっかり食べるから、母ちゃん叱《しか》ったんだヨ」
子「ばっかりじゃないもん」
婆「じゃ、ばっかりじゃないと、おっちゃんに言いな、ネッ」
子「うぅぅぅぅ」
大「言えないのかあ～」
子「うぅぅぅぅぅぅぅぅ」
婆「ごめんなさい、と頭をさげな、ネッ」

大「どうなんだ？　母ちゃんはバカじゃないゾ？」
婆「母ちゃんはエライよぉ、アンタを産んだんだからネ」
子「え～と、婆ちゃんは母ちゃんを産んだの？」
婆「そうだよ」
子「じゃ、婆ちゃんはエライんだよネ」
婆「そうだよ」
子「ふ～～ん」

大「わしは、母ちゃんはエライと思う、お前は？」
子「ボクは…ボクもエライと思います」
大「そうか、そういうおまえもエライぞ」
子「…ごめんなさい」
婆「ああ～よかったよかった」

よくよく見たら3

あ

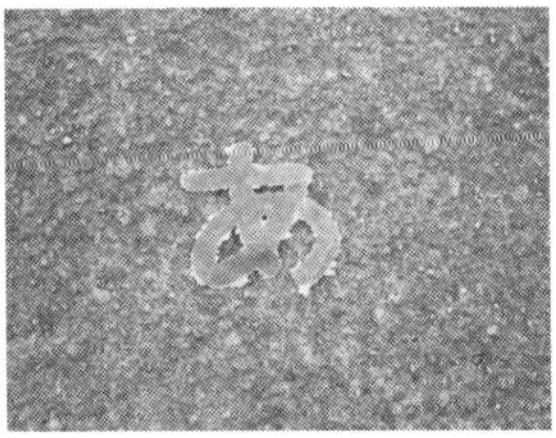

道路をジョギングしている最中だった。友達が後ろを走っていた。私が、突然、「あ」と声を出し、立ち止まった。「どったの？」私の顔を覗《のぞ》き込む。私は、地面を見つめたままだ。彼は、いぶかしんでいる。

「あ」

「なにか思いついたの？」

「あ」

「はは〜ん、また何か忘れ物したナ」

「あ」

私が地面を指さした。そこには、「あ」の文字の布が落ちていた。

何かの布からはがれたのか、「あ」だけが落ちている。

『あ』

彼も、声を出した。人は、何か思い出したときだけ、「あ」を発するのではない。ただ、素直に「あ」を口にすることだってあるのだ。

「あ、だね」

「あ、だ」

「ほら、あ、じゃないか」

「うん、あ、だった」

第4章

気になるー

７７７７

「中華でも食べよう」

友人を誘い、中華のドアをあける。餃子に始まり、ピータンだの、バンバンジーだの、豚足だの、あれもこれも注文し、ビールのあとに、紹興酒《しょうこうしゅ》を一瓶ゴクリとやる。さて、お会計。

「こちらになります」

レジから吐き出されたレシートがこの写真だ。

《８８８８円》

おおぉなんてこった！　あるようで、なかなかお目にかからないこの数字。末広がりが四つも続くという、おめでたいお勘定。

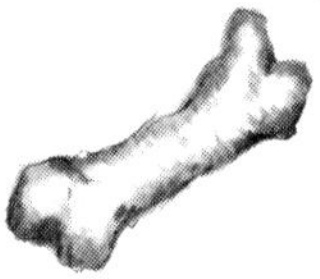

そういえば、食事中、紹興酒がちょいと足りなくなり、追加注文したのだった。瓶ではなく、《カメ出し》の文字に惹《ひ》かれ、グラスに注いでもらった。あの追加行為がなければ、このおめでた数字は記録されなかった。いじきたなさが生み出した僥倖《ぎょうこう》だったのである。

さらに申せば、（もう一杯呑《の》もうかナ）、いじきたなさの追い打ちをかけようとしたのだが、さすがに大人としての襟《えり》を正し、プーアール茶で締めたのだった。この節度ある踏みとどまりも、おめでた数字に、しっかりかかわっているのである。

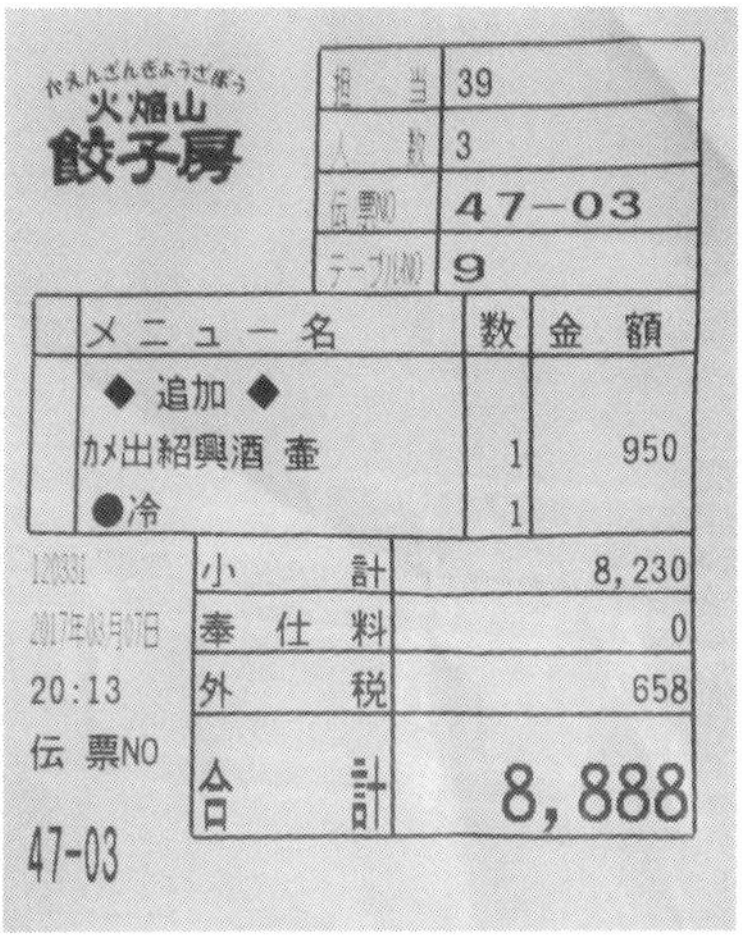

偶然とは、小さな欲望、少しの踏みとどまりに支えられている。

いま私はこの希有《けう》な数字の僥倖に、余裕をもってあたっている。なぜか？　それは以前あった、事件とも言えるあの衝撃の時間を乗り越えたからである。その記憶は…

20年前にさかのぼる。

7777

出た！　出た出た！　とっさにレジの女性を見た。

スーパーで買い物をして、金額が7777円になったことがある方います？　います？

わたしです！　出た瞬間、ファンファーレが鳴ったような気がした。クス玉が割れたような気がした。とっさにレジの女性の顔を見た…

アレっ？　こっちを見ない。この数字に感動したフシがない。別に、

「キャー素敵！　お客様って最高！　ウフン」

と言ってくれと願ってるわけではない。

（まあ珍しいわね、おめでと）

くらい、心の中であってもイイんじゃない。せめて、

（あら、珍しい数字が出たわね。出したのはどんな人？）

てェんで、チラッと見る。コレが礼儀ではないだろうか。チラッでいいんですよ。チラッが欲しかったんです。

「おつり、２２２３円です」

おいおいそれは、ないだろう…んじゃ何かい？　アナタは、７７７７円を頻繁に見とるんですか？　前回いつ見たんですか。言ってごらんなさい？

それにですな、この数字に感動しなかったら、日本からとっくに、パチンコ屋はなくなっているんですぞ！　さらに言えば、７７７円じゃないんですぞ。７７７７円なんですぞ。

街のスーパーで７０００円以上の買い物なんかそうそうしないでしょ。これが、とんでもなく珍しい快挙だということが、君にはわからんのですか！

さらにだ、おつりを受け取ったら、君は、もう次の人の金額を入れはじめたね。せっかくの、「７７７７」が消えちゃうでしょ。余韻ってのはないのですか。せめて、つぎの人が気付くようにするとか、隣のレジ係に、メクバセするとか、もっといえば、レジの所に売っている使い捨てカメラをススめて、カメラに証拠を収めさせるとか、なんかあるでしょう！

オレだったら…オレだったら、店長呼びますぞ。店長呼んで、店内放送すべきかどうか話し合いますぞ。いやその前に、すでにスーパーの入り口の壁に、歴代の《7777達成者》の名前と顔写真を張り出しておきますぞ。これが、明るいスーパーの当然の礼儀じゃないですか！

そんで、たとえ数字に興味のないレジ係にかかわらず、7777が出たら、レジが自動的にファンファーレが鳴るように設定しておきますぞ。

それが、ニッポンのスーパーの明るい明日ですやろ！　記念商品は、エクレア7個じゃあ！

よおし見ていろ、ならばいつか77777を出してやるからなア～そんときにほえずらかくなヨ～～

…わたくし、あまりの失意のもとにスーパーをあとにしたため、証拠となる貴重なレシートをいただくのを忘れてしまったのです。ウグッ

Ｂ

Ｂ

あまりの疑問に、エレベーターの中でうずくまってしまった。長い間生きてきて、いままでなぜこの疑問が湧《わ》かなかったのか？　毎日のように、目にしているそのアルファベットに、どうして、疑問を感じなかったのか？

Ｂ

ホテルに泊まると、エレベーターに乗る。指で階のボタンを押す。Ｌボタンはロビー（Ｌｏｂｂｙ）だと推測できる…しかし、問題は…Ｂだ。地下を意味するＢボタンだ。

Ｂ１（地下１階）とか、Ｂ３（地下３階）に使われている、Ｂだ。

《Ｂって、なんの略？》

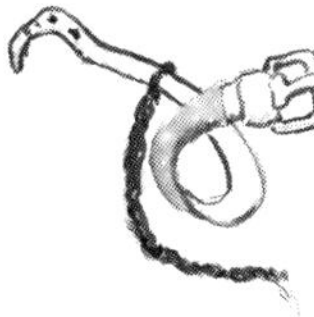

ＢＯＴＯＭじゃないし、ＢＯＤＹじゃないし、ＳＵＢＷＡＹでもないし…

ＵＮＤＥＲＧＲＯＵＮＤには、Ｂはないし…


ぜひアナタに考えていただきたい。私ももちろん考えた。知らなかった事実にむしろ驚いている。なぜ、これまで、疑問にすら思わなかったのだろう？　毎日のように、Ｂを見ていながら、素通りしていた私の年月は、いったいなんだったんだ！


たとえば、聞いてみたいのだが…

ホテルの支配人は、Ｂの意味を知っているのだろうか？

たとえば、ビルを建てる建築人は知っているのだろうか？

たとえば、英語が分かる人は、みんな知っているのだろうか？

ドラマの現場で、ふと思い立ったこの問題を皆に問うた。しかし、だれからも、答えは得られなかった。なぜ、日々見ているＢを、だれも知らないんだ？　押したときに、ハテナとか思わないのか？

Ｂ
「エレベーターの表示のＢの意味知ってる？」英語にくわしい方に、きいてみた。

答えは返ってこなかった。そこで、もっと英語にくわしい…つまり、普段から英語ばかり喋っている人に問うた。「Bって？」すぐさま答えが――

《BASEMENT》（ベイスメント）

知らない言葉だった。はじめて聞いた英語だ。エレベーターで毎日のように見ているBの意味を知らなかったことに、傷ついているのではない。その意味を、考えもしなかったことに、深くうなだれているのだ。どうしていままで、Bを見ていながら、いや押していながら、ハテナマークが浮かばなかったのだろう？

そうか！　ならば、当然この疑問が浮かぶハズだ！

「屋上のRは何の略なの？」

答えは――

《ROOFTOP》（ルーフトップ）

12345

コレは何だろう?

《123°45′6、789″》

この写真を撮ったのは、羽田空港から3時間半。到着した石垣島《いしがきじま》から船で1時間。船をおりた西表島《いりおもてじま》の港から、レンタカーで1時間。路肩に何気なく停《と》まった場所に建っていた。

123。

123の後に丸がついている。そして、45の後に、コロン。

はい、もう分かりましたネ。

子《し》午《ご》線《せん》を表している。経度でもある。東経である。ただし、読み方はよくわからない。

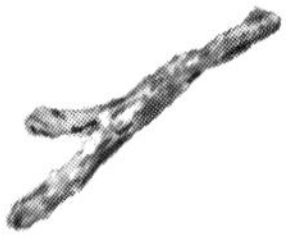

123°45′6.789″
子午線モニュメント

「ひゃくにじゅうさんど、よんじゅうごふん」までは分かるが、その後はうまく口に出せない。これは、体温を測ったときに36・53という数字を「さんじゅうろくどごぶ」までは言えるものの、最後の「さん」をどうくっつけて喋ればいいのかいまだに分からないのに似ている。


西表島のこの場所が、地球的にピンポイントで数字の美しい羅列となった。

ほお～ここで、ポンッと膝《ひざ》をうつ。ってぇことは、地球上に、ほかにも、この数字を並べられる地点が存在するかもしれない。あわてて、地球儀を探した。んなもの、すぐにあるワケがない。地図はないものか？　コンビニもない島で世界地図を要求するのは酷《こく》だ。こんなときは、パソコン！

すぐに世界地図を開く。なになに…ふむ、西表島から北に定規《じょうぎ》を当てる。

中国がある。シベリアもある。南へたどる。フィリピンがある。ニューギニアがある。オーストラリアが広大に広がってある。ふ～ん、ずいぶんあるじゃないか…希少ではないのか。よく考えれば、南極にもあるハズ。おおいに喜んだのだというのに…見つけた瞬間、人差し指を3回くらい振って指さしたのに…

「こ、こ、これは！」

あわてなくてもいいのに、あわてて写真を撮ったのに…世界的には、たいしたことなかったのか…ま、いっか、日本では唯一の場所なんだから。疑問は疑問で、そのまま過ぎていた。

そんなとき、数字の不可思議なモノをほかでも見つけた。

《日本のピラミッド》

広島県の庄原《しょうばら》市の東に、そんな看板があった。意味がわからないので、すぐに向かった。山の中だ。登り口があった。ピラミッドが山の上にあると言っている。その入り口に大きな岩が置いてある。歌碑が刻まれている。裏に回ってみると、不思議な数字が刻まれてあった。

《一九九九・九・九・九・九・九・九》

単に数字だと考えると、こうなる。

1999・9・9・9・9・9・9

日付だとすると、
１９９９年、９月９日９時９分９秒となるのだが、９がひとつ余る。
全部で、九は、９個あるのだ。

謎解き文字というモノがある。
《春夏冬二升五合》
これで、「商い、益々繁盛」と読む。秋が無くて、一升マスが二つに、一升の半分…というワケだ。

この石碑の数字はひょっとして、謎解きだろうか？　じつは答えは簡単だった。日付で間違いなく、最後の９秒のあとの９は、小数点以下の０・９秒を表しているそうな。
ふ〜〜ん。

222222キロ達成

「おっと、あと10キロで、2並びじゃないか！」

駐車場に車を停めたときに気づいた。マイカーの総走行距離のメーターに2が6個並ぶ。あるようで、なかなかない記録である。

これまで、2が5個とか、7が5個とかは経験してきた。写真におさめられたり、失敗したり。この、写真におさめるという行為が、じつは非常に困難なのだ。

「え〜？　その数字になったときに撮ればいいんでしょ」

と軽く考えたアナタは、きっと失敗する。アナタは、ハッと気づいたときには、222223キロの文字を見ていたりする。

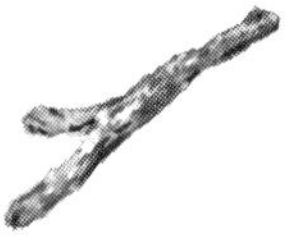

時刻ならば、タイマーという装置があるが、距離計にはそれがない。いつくるか、徐々に近づいてくるそのときが、測れない。たとえば、今回、2の連番の10キロ前に気づいた。さあ、ここからだ…

あと10キロの間に何回車に乗るだろうか？　そのときは、明日だろうか？　あさってだろうか？　10キロとは、15分ほどの距離である。ちょいと買い物に行ったら、すぐに通過してしまう距離とも言える。

「ハンドルのところに注意書きを書いておく」

この方法を取り入れるのは、興をそぐので、やめた。自分の記憶だけで、やり通すことに決めた。

これまで、同じような状況で、メーターを撮影しようと試みたが、幾度も失敗してきた。もちろん成功もしてきた。では、その歴史を恥ずかしながら、ご披露させていただく。

《22222キロ》2009年、4月28日

《66666キロ》2011年、8月23日

《77777キロ》2012年、7月9日

いずれも5桁の数字である。5桁と6桁とは、破格の時間の差がある。

222222キロメーター表示を写真におさめられるか？　なぜ、これが、困難なのか？　そして、珍しいことなのか？

なんたって、この数字を逃すと、あと、11万キロ以上走らなければならない。そこまで、車が保つかどうかさえ分からない。マイカーで、333333キロ走った人を私は知らない。6桁は未経験である。プレッシャーはハカリしれない。しかも、このことに気づいたのが、10キロ手前というドキドキの近距離だった。

条件として決めたのが、（当然のことながら）駐車して撮る。ゆえに、高速道路を走るのは無理だと判断。どちらかといえば、交通量の少ない道を選びたい。ただし、数字を出すために走るのではなく。生活のなかで、自然な形で、2を並べたい。

とかなんとか、言っているあいだに、4キロ手前になっているゾ！　もうドキドキである。

どうやら、過去の失敗に学んでいる私がいる。ほかの事柄にこころが飛ばないようにしている。歌とか唄わないように口も閉じている。道路に見えてくるおもしろい看板に反応しないようにしている。

以前失敗したときには、見たことがない看板に目が奪われて、そのことを考えているあいだに、一気にメーターが回ってしまった。結果、1キロ過ぎてから思い出したのである。

ワッ！　あぶないあぶない——そんなことを喋っているあいだに、2キロ手前になっているではないか…ほかのことを考えてはならない…ということを考えてしまっている自分がいる。

もちろん交通法規は守りながら、もうすぐ停車位置を見つけなければ、ならない。カメラのシャッターチャンスは、2が6個並んだ瞬間から、1キロ以内だ。つまり1の単位が3に変わる直前までである。

その1キロの間に駐車スペースを見つけなければならない。コンビニやガソリンスタンド、もしくは、スーパーなどの駐車場はないものか？　普段あれほど見かける空き地スペースが現れない。

ワッ！　1の位が9から1に変わりかけているじゃないか！　いつの間にそんなに時

間が経ったんだ！　何も考えない
と言いながら、ずいぶんムダ話を
しているみたいだ。
ワッ！　並んだ並んだ！
２２２２２２！
いつから並んでいるのだい？
いまかい？
写真撮る時間の余裕はあるのか
〜〜〜い？

ドクターイエロー

ある日の夕方――

ＪＲ東海の新幹線に乗って東京から京都に向かっていた。仕事とはいえ、ただ移動するのではおもしろくない。途中の富士市あたりで、富士山の夕景を写真に収めようと考えた。

私のやりかたは徹底している。席のチケットは右側（富士山がわ）を取る。それも東京駅から出発する際、その席がホーム側にある席に限定する。理由は、窓ふき。汚れた窓では、クリアな写真が撮れないからである。

ゴシゴシ、ホームからハンカチで出発前に窓ガラスの外側を拭《ふ》く。あまり懸命にやると、怪しい人として通報されかねないので、鼻歌まじりでほどほどに仕上げる。

その日は、冬晴れの夕暮れ、適度の雲が浮かびピンク色に染まりはじめている。あらかじめ知っている富士市のビューポイントに近づいてきた。デジカメを構えピントを合わせ、その瞬間がきた――パシャリッ

っとそのときだった。目の前が黄色くなった。一瞬のこと…たぶん1秒間、何かが目の前を過ぎた。すぐさまカメラの画像を確認する。黄色い何かが写っている。このときはまだそれが何か分からず、家に帰ってから知り合いの子供に写真を送ったところ…

「ドクターイエローだよ」返事が届いた。

なんでも、新幹線のお医者様ともいうべき列車が走っているのだそうだ。普通ダイヤのなかに組み込み、一般には知らせずに、こっそり走っているそうだ。ドクターイエローと呼ばれ、マニアの間では、写真に撮るのが夢のまた夢なのだと教えてくれた。

つまりそんな夢をはからずも叶えてしまったのである。とはいえ、この確率はきわめて低い。説明しよう。

新幹線（下り）のなかから、反対車線（上り）を走る車両を撮影する。その時間を計算してみよう。のぞみは時速270キロで走っている。双方向を足し合わせると、540キロ。秒速150m。

（あとで分かったのだが）ドクターイエローの車両の長さはほぼ150m。つまりシャッターチャンスは1秒しかない。来るかどうかも分からない車両を、いま来たからといってシャッターを押したところで、撮れるものではない。したがって私の写真は、とんでもない確率の偶然だったのである。

このややボケた写真の鑑定をしてくれたのは、鉄道大好きタレントの南田裕介《みなみだゆうすけ》氏である。写真を見てもらった。すると…いままで、見過ごしていた部分の解説をはじめたではないか！

「これは、運転席の右横の窓ですネ。見てください。窓枠のガラスの下の方に白い帯があるでしょ。ここには、アルファベットの文字が書かれてあるんです。白い文字でふたつ。高速での撮影だったため、横に伸びて見えますが…」だそうだ。で、どうなのだろう？　この写真はドクターイエローなのか？

「間違いないですね。太鼓判押します」お墨付きをいただいた。客観的な評価をもらい喜んでいたら――

「ドクターイエローに乗りませんか？」

《ドクターイエローの写真を反対向きの車両から撮った人がいる》という事実を知ったJRさんから、私に依頼がきた。テレビ局のカメラ撮影とともにという注文である。乗らいでか！　行かいでか！

搭乗当日、東京駅の○番ホーム、件《くだん》の列車の乗車口にいた。そこには、黄色の車両が7つ繋《つな》がっている。通常16両なので、半分以下の長さ。簡単に車両の解説をしてみよう。

1と7の車両は、運転席があり客席もある。関係者が座れるようになっている。2と6が重要な車両。未来世界のような精密機器が並んでおり、数人の職員（科学者）が鋭い目で検査に没頭している。線路のゆがみや亀裂《きれつ》などの、いわゆる病気を診断している。

1秒間に数千回というレーザーを発しているマシンも見せてくれた。3と5の車両は、補助的なもので、4両目が私のお気に入りの車両。普通の新幹線と形状が違うのは、ココだけ。

パンタグラフを目で診断するモノが屋根に取り付けられている。室内から階段をトントンとあがると、そこには椅子《いす》がある。座ると、自分の身体が屋根からとび出しているのが分かる。つまり屋根そのものが、上部にとび出してつくられている。前方がガラス

窓になっており、目の前のパンタグラフがよく見える。パンタグラフとは、電線から電気を受け取るために、こすりながら通電しようと考えられた優れもの。とはいえ、時速270キロのこすりははげしい。時に火花も散る。それよりなにより…

新幹線が速いのは知っているが、いつもは、窓から横の景色を眺めているだけだ。ところがここでは、前方がすべて見えている。進行方向の速さは、いかにもすさまじいスピードを感じさせる。

箱根あたりでのトンネル区間になるとそれが顕著になる。トンネルに入ったかと思えば、すぐにとびだす。テレビカメラ用に実況していたのだが、「入ったぁ〜出たぁ〜 入ったぁ〜出たぁ〜」瞬時この繰り返しである。その上、車両の傾きに驚く。普段乗っている場合は遠心力が働き、斜めに傾いている感覚はないのだが、まっすぐ前を向いていると、車両がずいぶん傾いて走っている事実を知る。そこに火花がふりかかる。音も「ちぇィ〜〜〜ン」とパニック映画さながらの効果音が響く。

この列車は、不定期にあくまで通常ダイヤのなかに組み込まれ、「のぞみ」と同じスピード、同じ駅に停《と》まりながら進む。たとえば品川の駅に停まったりすると、外では、いったいコレはなんだろうという顔をしている人がいる。写真に収める人もいる。しかしながら、窓のシェードはすべて下ろされており、中は見えない。中から見ようと思えば、シェードの隙間から覗《のぞ》くしかない。新横浜駅でその隙間からチラっと外を見たら、すぐ目の前で熱心にスマホをいじっている男性がいた。列車が着いたときから発車するまでずっとスマホから目を離さないでいた。もしちょっとでも目をあげたなら、手が届きそうな所にドクターイエローが止まっているのが見えただろうに。

ドクターイエローの説明をすると、「幻の列車だろ。都市伝説でホントは走ってないんじゃないの?」いぶかしがる人もいる。彼も残念ながらそのひとりだったかもしれない。

新大阪までの2時間30分。「あっという間」という言葉を久々に感じた旅であった。

サッカー台

まず、アナタに質問。ゴミ収集車が毎日のように回って来てくれる。ありがたい世の中だ。その音楽を鳴らしながらやってくる車の正式名称を知ってますか？

《パッカー車》

ゴミを詰め込む（パックする）からパッカー車。

パックマンというテレビゲームがあった。パクパク前方にあるモノを食ってゆく。まさにあれに似ている。日本語の食べるパクパクと英語のパックは関係ないのだが、語感はよく似ている。答えられましたか？　答えられなかったというあなたに質問を畳みかける。

スーパーのレジに、こんなことが書かれてあった。

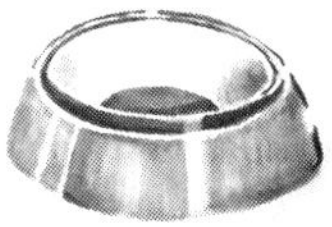

サッカー台にサッキング袋を

ご用意しておりますのでご利用下さいませ

《サッカー台》？

サッカーって、あのサッカーかい？　スーパーでボールを蹴るの？

「ゴォォォ～～ル！」とか叫ぶのだろうか？

いったんスーパーを出たあと、舞い戻って、レジ係に疑問をぶつけてみた。

「あのぅ、サッカーって、なんですか？」

「えっ、サッカーお嫌いですか？」

「あ、いや、ここに書いてあるサッカー…」

「ああ、はいはい、サッカーですねぇ～」

レジ係りの方が説明してくれた。

本来レジには二人の人間がいると言う。ひとり目は、レジを打つ係りで、《キャッシャー》と呼ばれる。そして二人目は、商品を袋に入れる係り、その呼び方が、

《サッカー》

へえ～知らなかった！　アナタは知っていただろうか？　サッカーファンの方たちは、知っているのだろうか？

で、サッカーが入れる袋がサッキング袋。さらに、サッカーがいないレジの場合、お客が自分で入れる場所を、《サッカー台》と呼ぶ。コレって、常識？

「私もね、初めてレジやったとき、サッカー台拭《ふ》いてと言われて、必死でボール探しましたもん」

すると道端でこんな会話が聞こえてくるかもしれない。

「あのね、この間スーパーのサッカー台でサッキング袋に詰め込んだ肉を冷蔵庫にいれるの忘れたら腐っちゃって、そのままパッカー車行きになっちゃった」

小説に没頭する

気になる文庫本を買った。小説だ。

サッサッサ…10ページ読んだ。はまり込んだ！　もう止まらない。すぐさま読みつづけたい。しかし、仕事の都合で時間が足らず、読み進めない。すると、どうなる？

朝起きてから、空いた時間をソレに充《あ》てる。


トイレに行く。

　文庫本を開いている。

駅まで行く。

　エスカレーターの上で、文庫本を開いている。

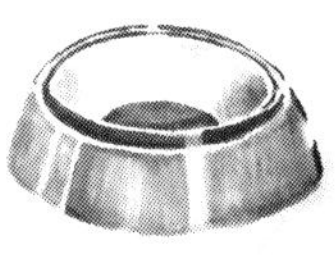

列車が来るのを待つ。
ホームで、文庫本に没頭している。
列車がくる。
乗り込みながら、文庫本を読める場所を探している。
吊り革につかまる。
ページをめくりつづける。
終着駅に近づく。
あと5分、せめてあと3分、到着が遅れてくれないものか?
ドアが開く。
押し出され、開いたままの文庫本を持ち、階段に向かう。
駅を出る。
さすがに、文庫本をカバンにしまう。
歩いていると、ベンチを見つける。
立ち止まり、しばし考える。つづきを読もうか…
腕時計を見る。

それどころではない、遅刻してしまう。

交差点の信号が赤になる。

とっさに、カバンから文庫本を取り出し、10行読む。

信号が青になる。

もう一回、信号待ちしようか？

パタンッ、文庫本を閉じる。

閉じた文庫本をカバンの奥の奥に、沈み込ませる。

二度と出てこられないように、タオルなどで、蓋《ふた》をする。


気になる。

「火星に取り残された彼は、いったいどうなるのだろう？」

この小説は、映画化されて公開されている。

《オデッセイ》　小説名《火星の人》
私は、映画を観る前に、小説を9割がた読むのである。1割のこして最後は、映画で観る。しかし、そこまでは、文字でくわしく知りたいのだ。映画だと、どうしてもビジュアルが勝ってしまい、微妙な情報は、とばされる。

あっ、また、ベンチがあった…

リンゴのクルクル剥き

《リンゴのクルクル皮むきは、人生の振り返りである》

おっ、なんか難しそうなことを言い出しました。
リンゴの皮を包丁で剥《む》く。右利きの場合、左手でリンゴを持ち、右手で包丁を動かす。
ショリショリクルクルと回してゆくと、
「さっき」剥いた部分がラインとして登場する。
5秒ほどの過去だ。5秒とはいえ、過ぎ去った過去であることに間違いない。
ふと、その剥いたラインを見る。力が余ったのか、歪《ゆが》んで剥かれている。
すると、そのラインをなぞって、新たなラインで剥かなければならない。

ふたたび、５秒たつ。５秒前に歪んだラインが、さらに大きく歪んでいる。

過去の自分のあやまちが修正されていない。

それどころか、もっと踏み外すあやまちを起こしている。

「しまった」

一応反省をしているが、じつは、問題なのは、「今」である。

５秒前を反省するあまり、いま、剥いている包丁の動きに修正がされていない。

どんどん、皮は一方だけ、広がっていき、最終的に、おケツに達したときには、キレイなフィニッシュを迎えられない歪んだ円になっている。


このリンゴクルクル剥きは、過去の自分を反省している時点で、もう遅いのである。

いまが過去になるという事実に気づかない限り、同じ過ちを繰り返す。

人生になぞらえるのは、辛いのだが、ふとリンゴを目の前にして、首をうなだれるのである。

「似ているな…人生に」

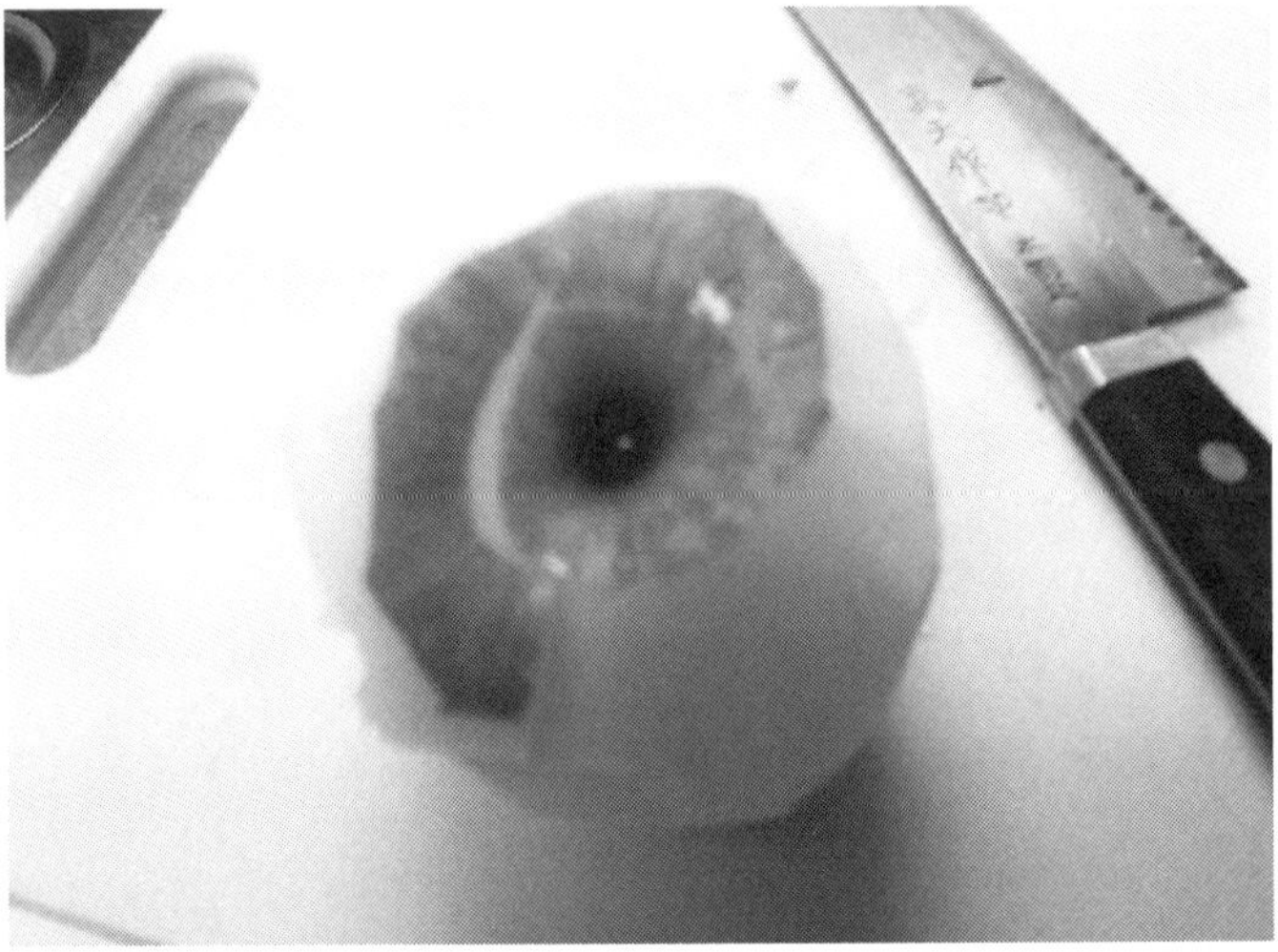

では、ここで問いたい。リンゴを逆に剥いた経験がありますか?

〈逆〉の意味が分からない方に説明をしよう。近くにリンゴがあれば、持ってきてください。なければ、ミカンでも、ボールでも…

〈通常の剥き方〉

アナタが右利きだったとする。当然、左手にリンゴを持ち、右手で包丁を握る。リンゴのテッペン(芯《しん》のついたほう)から、剥きはじめる。

包丁の差し込み場所は、6時のあたり。テッペンからの俯瞰だと、反時計回りに、リンゴを回す。見方を変えると、包丁は時計回りに動いている。

〈逆の剥き方〉

リンゴのおケツから剥いてゆく。包丁の差込み場所は、１２時のあたり。リンゴを時計回りに回す。

この剥き方、非常に難しいのかと思われたのだが、意外や…すんなりと剥ける。通常の剥き方ができる人なら、誰でもできる。生まれてはじめて剥いたのに、とても綺麗に仕上がる。アナタもぜひ試してほしい。

で、最後の最後の剥きあがる瞬間のリンゴが前ページの写真だ。

この皮のつき方は、とてもシュールである。この写真を見て、「逆から剥いたナ」と分かる方は、いま、コレを読んでいるアナタしかいない。さっ、近くにいる誰かに、写真だけ見せて質問してみよう。

「ねえねえ、このリンゴの剥き方、変じゃない？」

エレベーターを降りるとき

エレベーターを降りるとき、腕を伸ばして、《閉めるボタン》を押してゆく人がいる。

アナタが、その押す方だとして話を進めよう。

ブイィィ～ンとエレベーターは動いてゆく。中に乗っているのは、自分のほかに、3人の乗客だ。

やがて、自分が降りる階が近づいてきた。

「失礼します」

ドアに近づき、降りる旨を知らせる。その瞬間に、ある事実を察知する。

（この階で降りる人はいないナ）

毎日毎日、来る日も来る日も、エレベーターに乗っていると、エレベーターの乗りプ

ロになる。乗り合わせた人物の雰囲気で、その人たちの、降りる階がヨメるようになるのである。

ゴ〜、ドアが開く。後ろを振りかえらなくとも、だれも降りないのが分かる。降りながら…指を後ろ手にボタンに伸ばす。

《閉》ボタンだ。

それを押さなくとも、たかが数秒待てばいいだけである。あるいは、残っただれかがボタンを押せばいい。しかし、アナタは、閉め押しを敢行する。なぜか？

《あとに残された３人への親切》

いや、違う。アナタは、エレベーターを円滑に機能させたいだけなのだ。

３人のことなど考えていない。むしろ、あとに残された３人の鷹揚《おうよう》さに、我慢がならないのだ。アナタは、こう考えている。

《エレベーターは可能な限り、つねに迅速に動かしつづけたい》

ゆえに、後ろ手で、閉まるボタンを押している。親切でもなんでもないのだ！　そして、アナタは時折、失敗をやらかす。閉まるボタンを押そうとして、伸ばした手に、いまにも閉まりかけている扉がひっかかり、せっかく閉まりはじめている扉が開いてしまうのだ！

ガアァ〜〜中にいる3人が、睨《にら》む。

「なんやアイツ、バッカじゃないの！」

しかも、アナタの指は間違って、いらない階のボタンまで押してしまった。

「ドジなやつ！」

では、同じエレベーターに5人の人間が乗り合わせた場合、おもしろい現象が起こるのを御存知だろうか。現象と言ったが、遊びと言い換えよう。

1階で乗った5人は、それぞれ降りる階のボタンを押す。さあ、もし、2階で二人降り、あとはでたらめな階で降りると、これは、ワンペアである。

いまの言葉で、ルールがわかりましたネ。もし、2階で二人、3階で二人降りれば、ツーペア。

もし、2階で2人、4階で3人降りればフルハウスとなる。

おもしろいのは、2階から上の階に止まるたびに、ひとりづつ降りてゆけば、ストレートができ上がる。さてここまでくればもっと難しい手をつくってみたくなる。

ではここで問題です。ストレートフラッシュができあがるのはどんなとき？

年齢の明らかに違う子どもからおばあちゃんまでの５人の女性が乗り合わせて、ひとりづつ違う階で降りたとき。

「ハートのストレートフラッシュ」！

まぶしい

近年、あまりにも暑い夏である。炎天下の夏である。ジリジリ頭のてっぺんから焦《こ》がされる。炎天下にボクらは晒《さら》されている。「昔は暑かったもんだヨ」とご近所の爺様がウチワであおぎながら縁側で語っていたものだが、いまや、それどころの炎天下でなくなった。

さあ、いま使った日本語…

《炎天下》えんてんか

真夏になると頻繁《ひんぱん》に使われる、炎天下！　この言葉を、ほとんどの方が誤解している。

アナタに問いたい。

《炎天下》とは、炎天の下と思っていないだろうか？　ギラギラ照りつける太陽の下、

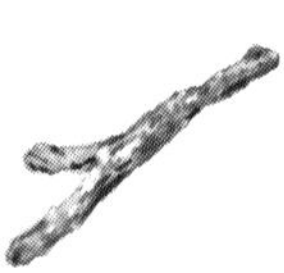

と思っていないだろうか？　思うのはかってだが、私はそう思っていない。どう思っているのか…？　説明しよう。

　文法的にいえば、区切る場所を間違っている。

《炎天　下》ではなく、《炎　天下》
炎天下の読み方は、「炎《ほのお》の天下」が正しい…と力説したい。

つまり、熱い熱い炎のような炎熱に、日中ギラギラ照らす太陽を手のひらで防ぎながら、恨みがちに、つぶやく。

「炎《ほのお》の天下じゃないか、太陽さんヨゥ、あんたの勝ちだヨ。あんたの天下、炎の天下だヨ」

　フレアだかプロミネンスだか、太陽から噴き出す炎のエネルギーがすさまじく、真夏のあまりの暑さに、悲しいことに太陽さんへの感謝の気持ちが薄れかけている。そんなときだった。


　会津駒ヶ岳に登ろうと、福島県の桧枝岐《ひのえまた》村を訪ねた。村の中心に大きな施設があり、山の案内所もある。その入口近くにブロンズ像が立っていた。どなたが作られたのか、気になる彫刻だ。なんたって男のひとが顔の上に手をかざしている。

「なぜ、こんな格好をしているのだろう?」疑問が湧く。

そのときだった。曇っていた空がさあ～と明るくなった。陽が照ってきた。するとどうだろう…彫刻の不思議な恰好《かっこう》の意味が知られたのである。

「まぶしい!」と右手を挙げたこの彫刻。この人が、右手で日光を防げるのは、一年のうちでいまの時間しかない。太陽の動きを測定すれば、年間、３日ほどの期間ではないだろうか? 厳密には、５分間だけである。しかも、肝心なのは、晴れていること!

果たして、この影像を生んだ彫刻家は、意図してこの場所に設置したのだろうか?

通りかかった地元の方に、疑問を向けてみた。

「右手の影のナゾ、御存じでした?」

「はあ～ 知らなんだでぇ～ ほんとじゃのぉ～」

すくなくとも、この彫刻の状態を、観光として売りにしているフシはなかった。単なる彫刻の芸術性を超え、時間と気象をも巻き込んだアウトドア彫刻。

ブロンズの表題が何もなかったので、かってに判断できないのだが、きっと季節限定、時間限定の美術品というカテゴリーになるだろう。

オベリスクという尖《とが》った塔は、日時計の役目も果たしているという。では、同じ日の光を当てにしているこの像は何を示しているのだろうか?

この像の前に立つと、不思議なことに、自分も同じ格好をしたくなる。右手を顔の上部にかかげ、目をしばしばさせ遠くを見る。じつは、さほど遠くは見えない。目の前には山がそそり立っている。背後には会津駒ケ岳の大きな山塊がそびえている。

つまりここは谷の底であり、朝陽が当たるのは遅く、陽が沈むのは早い。ほんのわずかな時間しか当たらない陽の光がとても貴重な村である。お日様を抱きたいほど熱望している方たちの気持ちを、この彫刻が訴えている。

桧枝岐村は、尾瀬の登山口として多くの人が訪れる地でもある。村に住む方たちのお墓に両手を合わせてみると、そのお名前がユニークだった。《星》さん家と《平野》さん家が圧倒的に多かった。なるほど、星が降るような平野——尾瀬である。

その入口で、手を掲げている銅像。ぜひ、題名を付けておおいにアピールして欲しいものだ。福島県、桧枝岐村に7月下旬にぜひ…彫刻名はこれでどうだろう?

《まぶしい》

雲海

山の上で、しばしば雲海を目にする。

広大な白い海に、地球のひろがりを感じる。

そこは、海と同じで、陸地の半島やら島やらが、雲の上に突き出ている。


海は海抜という言葉があるように、海面の高さは一定している。

干満の差で、全体がほんの少し上がったり下がったり。

これは雲でも同じらしく、雲面の（という言葉はないのだが）高さは一定している。さすがに干満の差はない。

ただし、液体と気体の違いがあり、雲面は、つねにゆらゆらと揺れ動いており、半島

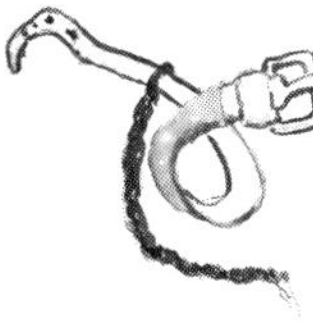

や島に這《は》い上ったり、這い降りたりしている。

這い降りるときには、滝になる。

それは、《滝雲》と呼ばれる。まさに雲の滝となって、なだれ落ちる。大きな滝では、数百メートルの怒濤《どとう》が起きる。とはいえ、液体ではないのでスピードは遅い。ゆっくり流れ落ち、落ちた先では消えてしまう。

川の滝が数百メートルの高さになると、滝壺付近で、白いしぶきと霧で終わるのに似ている。


いま、雲面の高さが一定していると言った。

ということは、そこに浮かぶ黒々とした山々の、等高線が分かることになる。

リュックの中から地図を取りだし、等高線を確かめる。はたして、みごとなまでに一致していることが分かった。

当たり前と分かっているのに、いちおう驚く。地図を指さし、いちいち声をあげている。

そして富士山の3合目が手前の山の9合目にあたるという、等高線的な事実が、頭の中では理解しているつもりの自分に、富士の重量感をあらためて知らされるのであった。

谷川岳の稜線からあふれ落ちる滝雲。

池塘はアチラの世界の入り口

池塘《ちとう》を山の上で見るたびに思うことがある。

《池塘は別世界への入り口》

不思議な国のアリスのお話では、鏡が別世界への入り口になっている。
そこからの発想といえるのかもしれないが、あの鏡のような水面を見せてくれる池塘は、もしドボンと飛び込んだら、どこか向こうの世界に飛び出すのではないかと想像が膨らむ。

とはいえ、試すわけにはいかない。

池塘は、立ち入り禁止である。自然保護の観点から、すべての池塘に踏み込んではならない。登山道以外を歩いてはならないのである。

なんたって気の遠くなるような時間をかけてできた池塘。たった6畳ほどの小さな水たまりができるのに、人間の歴史をはるかに超える時間が要《い》る。

池塘の水の供給は、雨しかない。つまり空からだけ。

川などからの注ぎ込みがない。

溜まった水は自然乾燥するだけ。長い間、雨が降らなければ、干あがる。

実際、干あがった池塘を見たこともある。

深さ30センチほどの平たい窪みの中に、草が生えている。別世界への入り口を失った感覚が蘇える。

青空を映し、白雲を映し、遠くの針葉樹の先っちょを映し、時に、そびえる尖峰を映したりする。

登山道が反対側に回り込んでいれば、そこに立つヒトも映る。

苗場山の池塘に立つ。

ところが、この池塘に動物が映った写真は見たことがない。

なぜか？

池塘とは、周りに樹々のない開けた場所にしか存在しない。そんな危ない所にシカだのの動物はやってこない。

水を飲みにくるにしても、夜である。山の中の動物はシカを含め、ほとんどが夜行性。もし、池塘に映る動物を撮りたければ、夜用に設定したカメラを据え置き、辛抱《しんぼう》づよく待つしかない。

それはそれで、驚くような写真になるだろう。

池塘に映る夜空に流れ星が過ぎさるかもしれない。

ＵＦＯが映らないとも限らない。

まさかアッチの世界が映るとは思えないが、（ひょっとすると映るんじゃないか）とのあらぬ想像は、登ってしかいけないはるか山の中だけに、ふくらみは限りない。

よくよく見たら4

ン

夕方の空を見ていた。暮れなずむ茜《あかね》色の天空に、飛行機雲がなびいていた。その数２本。

アッチから一本。ソッチから一本。おそらくエベレストを越える高度に、客人を乗せたジェット機が飛んでゆく。アッチの飛行機はどこに行くのだろう？　ソッチの飛行機は、どこに旅の夢を乗せてゆくのだろう？

ぼんやり見ていると、２機がしだいに近づいてきた。飛行機が飛ぶと、そのあとに、飛行機雲がスジをつくる。時速数百キロの、スジ雲だ。

ン？

あの２機は、そのうち交錯《こうさく》するナ。

ン？

高度は違うとはいえ、スジ雲はいずれ交錯するゾ。

ン？

すれ違うのだからして、何かの文字ができるのではないか？

ン？

何という文字ができるのだろう？

第5章 オジサンの口ぐせ

たとえばオジサン

リンスインシャンプーってのがありますネ。アレって、髪に悪いことをしながら、良いことをしよう、ってんでしょ。どうも信用できない。

たとえば、

「泥棒に入りながら、警察に電話しているようなもんだよね」

（たとえが悪いな）たとえば、

「大酒を呑むときのツマミを胃薬にしているようなもんだよね」

（もっと悪くなったな）


「たとえば」を連発する人っている。ややこしい説明をするとき、「たとえば〜」とやる。

しょっちゅう出てくる、口癖だ。「たとえば」を使いすぎて、マヒしている。

「たとえば、例をあげると～」なんてやっている。

「たとえば」を漢字で書くと、「例えば」になることに気づいていない。

この《たとえばオジサン》の特徴は、たとえがたとえになってないことだ。

（いつから、おじさんになったんだ）

たとえば、外国人にカレーライスとハヤシライスの違いの説明をしていたとする。

「たとえばね、ここに、泥と粘土があってだね、カレーが泥で、ハヤシが粘土だとしよう」

外国人、余計わからなくなる。

そして、この《たとえばオジサン》の最大の特徴は、口で喋《しゃべ》っているときには「たとえば」を連発するくせに、文章だと、あまり使わない点だ。

さらに、《たとえばオジサン》は、たとえているうちに、たとえた元を途中で忘れてしまい…

しまいには、何の話をしていたのかさえ、わからなくなる。

「ん～と、リンスをどうしたんだっけ？」

逆にいえばオジサン

「逆に言えば」が口癖の人がいる。

相手を説得したいときに、頻繁《ひんぱん》に出てくる。話がややこしくなったとき、「逆に言えば、変異株とは変異している株のことなんだよ」

こういうと、相手にわかりやすいと思っている。

この《逆口癖オジサン》の特徴は、「逆に言えば」と言っておきながら、逆になっていない点だ。

「歌って踊るのがミュージカルだとすると、逆に言えば、歌わず踊らないのが、劇だな」別に逆には言ってない。この文章から、「逆に言えば」を除いても、成立する。

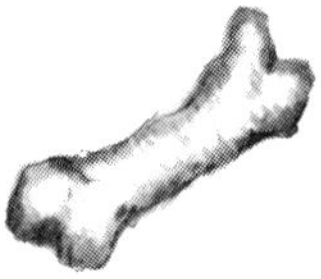

《逆オジサン》は、「逆に言えば」を接続詞だと勘違いしている。

「俳優の歌は、逆に言えば、歌い過ぎるきらいがあるね」

さらに、《逆オジサン》は、逆に言えばを多用したことに反省して、こんな変化球もほおってくる。

「踊るってことは、さかさまに考えると、原始時代からの～」

「舞台に立っている人間の、反対の立場に立てば～」

「よし、じゃあ君と僕が入れ替わったとして考えてみよう」

言い方を変えただけで、すべて根っこは一緒である。

《逆おじさん》は、逆に言いたいだけなのだ。要は、逆さまが好きなのだ。

当然、逆立ちも大好きである。天橋立《あまのはしだて》を観光したおりも、有名な股覗《またのぞ》きを喜んでやった。

野球グラウンドで、思いっきり逆さまに落っこちて、肩を脱臼したくらいだ。

この逆さ加減は、アルコール量と比例していると言われる。量が過ぎると、こうなる。

「つまり、逆に言えば、君の考えをさかさまにすることによって、反対のものが見えてくるんだよ！」

こういうときは、フンフンと頷《うなず》いていたほうが賢明である。

ひとつだけ言わせてくださいオジサン

人数のいる会議や、話し合いの場で、話が紛糾《ふんきゅう》している。そんなとき、いままで黙っていた人が、隙間に声をかけてくる。

「ひとつだけ言わせてください」

それまで口々に意見を述べていた人たちは、急に黙り込む。なんだろう？　とりあえず、聴く体制をとる。「ひとつだけ…」と言われているのだから、「それだけは聴いてやろう」いずまいを正す。そして、彼…

《ひとつ言わせてくださいオジサン》が喋り出す。

じつは、彼はこの言葉が口癖なのだ。会議がまとまらないときの指摘役、と自分を捉えているようだ。このオジサンの特徴は、ひとつだけと言っておきながら、

「もうひとつは…」などと、追加してしまう。

「もう一点は…」などと、言い方を変えて追加する。

「さらに言わせてもらえば…」とも変化し、饒舌《じょうぜつ》になる。

皆が黙って聴いているのをいいことに、自論を、とうとう手ぶり足ぶりで語りだす。

さんざん喋った挙句、さすがに皆が、ざわつき出したあたりで、

「最後に、もうひとつだけ言わせてください」

新たな手法をくりだす。「最後」となれば、聴くしかない。ふたたび、手ぶり足ぶり、腰まで振って語りつくし、顔面が紅潮してきたあたりで、とうとう皆が椅子からお尻をあげだす。すると…

「これだけは聞いてください」

ついに伝家の宝刀を抜く。

「これだけは…」ときたら、あげた尻を下ろすしかない。

おもしろいことに、この会議は、しょっちゅう行われるのに、毎回、このオジサンの術中にはまるのである。

おそるべし《ひとつだけ言わせてくださいオジサン》

ちなみにオジサン

「ちなみに…」と、話の冒頭にしゃべりだすオジサンがいる。

「ちなみに、私が富士山に登ったときにはネ…」

「ちなみに」を漢字で書くと、

《因みに》

原因の因である。英語に訳せば、

《for your information》

何かインフォメーション（例題）を教えてあげようとしている。

オジサンは親切なのかもしれない。しかし、このオジサンは、

「ちなみに…」

と喋りだしたにもかかわらず、その後、補足事項を喋ってくれない。たんなる接頭語、もしくは繋ぎの言葉として、「ちなみに」が口から出てくるようだ。

「ちなみに、今夜は私は酒は飲まないヨ」

どういう決断だか知らないのだが、「ちなみに」を強調語として使用している。酒を飲まない日を自慢するために、思わず強調をしたかったらしい。それが証拠に、文中に助詞の「は」が3回連続登場している。「今夜は私は酒は」強い決意の表れととれる。

「ちなみに、ご飯は食べるけどネ」

こっちの使い方のほうがまだ許せる気がする。

このオジサンの場合、娘さんが生まれても、名前を《ちなみ》ちゃんとは付けないほうがいい。理由はお分かりだと思うが、家庭内で会話がめちゃくちゃになる可能性大である。

そういえばオジサン

口癖として、喋《しゃべ》りはじめに、「そういえば」を頻繁に使うオジサンがいる。これは、接続詞という建て前になっているのだが、オジサンにとっては、じつに使い勝手がよい言葉らしい。

「そういえば、明日の天気どうなってる？」

こう話しかけてくるのだが、コレは、「明日の天気どうなってる？」で事足りる会話である。どんな文章にも、「そういえば」をくっつけて話そうとする。

「そういえば、これから一緒に映画行かない？」

何がそういえばなのか、まったく説明がない。

「そういえば、今鳴いている鳥はなんて名前？」

いっけん正しい文章にみえて、よく考えればおかしい。要は、このオジサンは、自分に注目して欲しいのである。皆の話に割り込みたいがために、話をそらそうとしている。

「そういえば」と、まるで話が転換するかのように見せかけ、自分の話に巻き込もうとしている。だから…時々、カーブをほおる。

「どういえばいいのかな…この問題に関して私の場合はネ」

「そ」が「ど」に代わっただけである。口をさしはさむキッカケをつくっているだけとも言える。さらには、フォークを投げてくる。

「こういえばいいのかな…私の場合はネ」

具体性を押し出して、もっと皆の気をひこうとしている。そして、失敗するケースもある。

「ああいえば良かったのか、私の場合はネ」

反省をしている時点で、だれも聞いてくれなくなる。冒頭の一文字だけ変えても、なんら影響がないという、浅はかな考えが、失敗を招いた。ところが…

「そういえば、さっき何食べたっけ？」

ここまでくると、ただの《そういえばオジサン》のジャンルでは括《くく》れない。使い方としては、これまでのなかでもっとも正しいのだが、別の問題が生じるので、その話はまたの機会にいたそう。

私に言わせればオジサン

「現在の危機管理の状況は、私に言わせれば、それこそ…」

オジサンは、議論が沸騰《ふっとう》してくると、話をまとめるつもりなのか、「私に言わせれば」と会話を繋《つな》ぐのである。

コレは、「私が今から言う発言は正解である」、と宣言している。正解なのだが、強く主張すると反論がくるので、あらかじめ、あくまで私論だと断っている。

「私に言わせれば、コロナは増えすぎた人間への警告だネ」

だれもが考えつきそうな意見を、自分だけが思いついたかのように、頭に、「私に言わせれば」と付けている。

これまで頻繁に登場してきたオジサンたちには共通点がある。

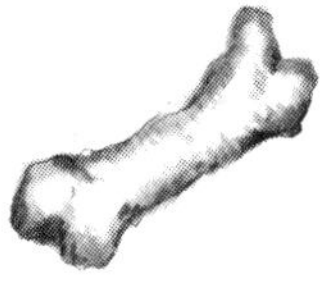

口癖になっている言葉は、使わなくても意味が通る。

「私に言わせれば、コロナ後の過ごし方がもっとも大切なんだ」

これも、

「コロナ後の過ごし方がもっとも大切なんだ」でことすむ。

「私の」発案を心に留めておくように、わざと頭に「私に言わせれば」と付けている。

このたくらみには、暗に、

「アナタたちは気づいていないだろうが…」というセリフが隠されている。

本人は、隠しているつもりなのだが、隠されなくても、皆は気づいている。

そして不思議なことに、オジサンは文章では、この節頭語を書かない。あくまで会話のなかだけで、登場させる。おそらく証拠として文章に残ることを避けているフシがある。ということは、気に入っているフレーズなのだが、気恥ずかしさも感じているようだ。

一見自慢げに喋りだすのだが、「ちょっと言い過ぎかな」とも思っている。だから時折、変化球スプリットを投げてくる。

「私が言う必要はないのだが…」

すこし引き気味の喋りだしをする。それでも、「私が」言っていることに変わりない。

さらに暴投を投じることもある。

「それを私に言わせるのか！」

オジサンは、「私が言う」ことに、とてもコダワル。コダワルあまり、しまいには、

「私に言わせたのはだれだ？」

自分が言い出した責任を放棄してしまった。

それはさておきオジサン

「それはさておき、このスープの出汁《だし》は何だろう?」

オジサンは、いきなりこのセリフから喋《しゃべ》りはじめた。前段として何も語っていないのに、まさにいきなりだ。

「それはさておき」とは、これまで喋っていた内容はいったん置いといて、という意味。《それはさておきオジサン》は、みんなでコロナ問題を語っている最中に、突然、話の脈略から外れた意見を言いたくなったらしく、喋りだした。――っと思いきや、

「それはさておき、最近の大谷の調子はどうなの?」

大リーグの話に話題を変える。コロナ問題は、さておいたらいけないということに気は回さない。このオジサンのおもしろいところは、自分で振った大リーグの話に、自分

が飽きてくると、ふたたび、

「それはさておき、ダイナミックプライシスっておかしくないか？」

最近知り得たカタカナ語を得意げに語りだす。

「ラッシュで混む時間の電車料金が高くなるんだろ？」

っと、ここまではいいのだが、

「まっ、それはさておき、なんでマスクはこんなに安くなったの？」

いわずもがなのことを言って、顰蹙《ひんしゅく》をかう。要は、自分主導で話をしたいだけのことなのだ。ときには…

「それはさておき」と言ったところで、話が無計画だったことに気づき、何を話したら良いのか分からなくなり、黙り込む。話を宙に浮かされた周りのみんなは、しばらくして、喋りだすのだが、彼のリズムに乱されているのか、つい自分も、

「それはさておき…」とやってしまう。

オジサンの口癖は伝染するらしい。《それはさておきオジサン》の究極発言は、

「ねぇコレだけは、さておけない問題なので聞いてくれる？」

おっしゃるとおりです

最近の流行《はや》り言葉にコレがある。

「おっしゃるとおりです」

テレビを見ていると、頻繁《ひんぱん》にこの言葉が使われる。

「バックカントリーを悪者扱いするのはいかがだろうか」

「おっしゃるとおりです。悪者と決めつける前に…」

コメントに対し、「おっしゃるとおりです」をかぶせる。

「戦車を送ればよいというモノではないと思う」

「おっしゃるとおりです、使い方を同時に…」

また、かぶされる。

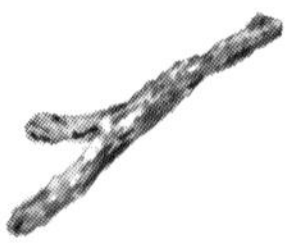

する。

「おっしゃるとおり」を使う側は、その道に通じたヒトであったり、解説者であったり

　素人の意見にかぶせてくれるのだから、暗に、

（アナタはえらい）と褒《ほ》めてくれている。

「えらいアナタのおっしゃるとおりです」を短縮して使っている。

するとどうなる？

言われた側は気持ちがいい。

なんか、まっとうな発言をした気分になる。

ならば、もっとまっとうな発言をしたくなる。

「自宅のドアは鍵をいくつもつけたほうがいい」

「おっしゃるとおりです、チェーンは簡単に切れますし…」

つぎつぎに褒められる。

鼻がピノキオ状態になってくる。

そして、その状態がつづき、しばらくすると、先ほどから、「おっしゃるとおり」を使っ

ている方が、

「おっしゃるとおり…」と言った途端、黙り込んでしまった。

どうやら、おっしゃるとおりではなかったらしい。

つい、「おっしゃるとおり」と言ったものの、あまりにも「おっしゃるとおり」でなかったため、つづけられなかった。

ということは——

「おっしゃるとおり」は口癖にすぎなかったのか？

わたしは、エラくなかったのか？

使いやすいヨイショ言葉にすぎなかったのか？

いちど訊《き》いてみよう。

「ねえ、アナタが使っている『おっしゃるとおり』は、口癖ですか？」

「おっしゃるとおりです」

ご指摘のとおりです

「犯人を護送する飛行機代は税金なのですか?」

「はい、ご指摘のとおり、それは…」

《ご指摘のとおり》

これは、先の流行り言葉、《おっしゃるとおり》の変化球である。

「ご指摘していただいたアナタはえらい」と暗にほのめかしている。

えらいアナタにご指摘されたとおり、犯人の護送代は…の短縮形である。つまり、アナタは褒《ほ》められている。褒めて持ち上げられて気持ちよくされている。

「おっしゃる」は丁寧語《ていねいご》だが、「ご指摘」には、指摘の前に、「ご」という尊敬語まで付属されていて、持ち上げ方が、おおきい。

「おっしゃるとおり」のときは、鼻がピノキオ状態になったが、こっちは、身体ごと高い所に運ばれようとしている。

しかも、「おっしゃる」には、なにか揶揄《やゆ》する気持ちも含まれているが、「ご指摘」となれば、上司や先生、かなり目上の尊い人からおりてくる言葉のイメージが強い。

非常にありがたい「ご指摘」となる。


「ウクライナで対人地雷を使用していたらしいですネ」

「ご指摘のとおり、戦争というものは…」

解説者の方は、相手をヨイショするためではないにしても、結果として、「ご指摘のとおり」でヨイショしている。

「野菜の値段の高騰に悲鳴が…」

「ご指摘のとおり、野菜に限らずほとんどの…」

こうやって、聞いていると、喋《しゃべ》る言葉というのは、何かを指摘しようとしていることに気づく。

っと、いうことは、相手が何を喋っても、

「ご指摘のとおり」とつづければ成り立つのである。
「おっしゃるとおり」がそうだったように、同様の広範性がある。
早い話が、どっちゃでもいいのだ。カッコ内のセリフは、「え〜と」とか「まあ」と
かと同じで、つなぎの言葉と受け取れば、分かりやすい。
ひょっとすると、「え〜と」より長いセンテンスにすることによって、しばし時間が
かせげる。つまり解説者が即答するときに、考える時間が稼げる。（のではないか）と
思いいたった。
１，２秒のことに過ぎないが、貴重なシンキングタイムの延長である。
「え〜と」では、おぼつない解説者のツナギが、キリリとした話し言葉に変貌した。
コンマ何秒の延長が、貴重だったのである。

さて、ではつぎに生まれる繋《つな》ぎシンキングタイム用語はなんだろうか？
条件は、相手を持ちあげ、さらりと流す用語でなければなりません。
口癖にしてもいい、さらりと出てくる用語。
さあ、早いモノ勝ちでっせ！

よくよく見たら５

う

鵜が電線にとまっていた。音符であった。四分休符を演じている鵜もいた。カメラを向けた。撮影者は進み、鵜の真下を通り過ぎようとした。ビチャッ！　フンをかけられたのである。帽子、上着、ズボン、どろどろになった。
鵜は地面を歩く人間にフンをかけるのをレジャーと考えているフシがある。鵜の目鷹の目で、虎視眈々《こしたんたん》と狙っている。そして、見事フンがマトを射た瞬間に、鳴き声を出して、喝采《かつさい》している。あれは、偶然ではない。落下地点のベクトルとタイミングとを瞬時に計算し、下腹部に力を込める。
ブリッ。見事命中すれば、必ず、人間は騒ぐ。だから鵜は、フンかけレジャーをやめられない。それにしても、汚いレジャーだな。そろそろやめてもらえないかナ？　だれに言えばいいんだろう？

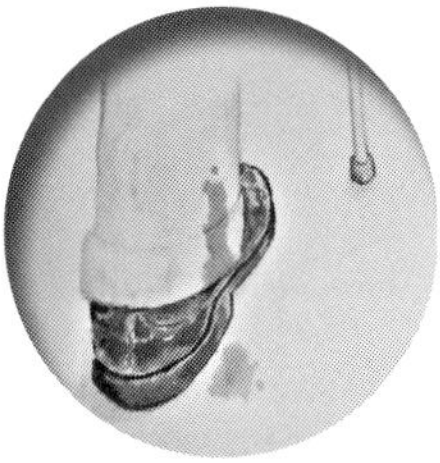

第6章

ある発見

飲み屋のルール

「課長、サッサッ、奥へ」

飲み屋の奥座敷に、課長へと座布団がすすめられている。長く続いたプロジェクトが終わり、課の打ち上げだ。10数人が集い、奥から社員がつめてゆく。課長、課長代理、係長と続き、入口付近に新人が座布団の数が足りず、立ったままでいる。

「みなさん、生ビールでよろしいですか?」

課のいちばんの若手の座布団なしが声を張り上げる。しばし歓談のあと…飲み屋のオネェさんが、ジョッキを運んでくる。まずは4つ。すると、当然のように真っ先に、奥の課長のところに運ばれる。「まずはカチョウ、どうぞカチョウ」

やがてしばらくの待ち時間が過ぎ、つぎの4つが届き奥から順に配られる。「どうぞ

ダイリ、やれそれカカリチョウ」

ふと、奥に座った課長は自分の生ビールジョッキを見る。届いたときは、ふんだんのコマーシャルごときの泡にまみれていたが、いまは薄い泡が乗っかっているだけだ。すこし寂しくなっている。

さらに時間が経ったころ、最後の数個が届いた。そこで、座布団なし君が声を挙げる。

「では、課長から一言…」

やおら立ち上がった課長がつかんでいるジョッキに泡はない。対して、声を張った若手のジョッキはアワアワだ。いかにも旨《うま》そうだ。

「このたびのプロジェクトでは……では乾杯！」

ゴクゴクゴクッといきたいのだが、課長は苦虫《にがむし》を噛《か》みつぶしている。プファ〜っと鼻の上に泡をつけた件《くだん》の若者を見つめ、言葉を胸の中に吐き出している。

（きみの泡は本来、私のジョッキにあるべきで、プファ〜は私の感嘆詞ではないのか？）

これは、ルールが間違っているのではないか！

生ビールを配るルールである。奥から配る…つまり、上司から順に配るという配慮が、じつは、間違いなのではないか！　届いたビールジョッキは、手前から配ってゆくべきである。時間を置いて運ばれてくるジョッキ。泡がキープできずにいるジョッキたち。そして最後のひとつは、いちばん奥でいばっている上司の元に届けられるべきである。このルールにのっとれば、にんまりとした課長は、やにはサッと立ち上がり、泡こぼれんばかりのジョッキを掲げ、

「諸君、よくやったゾ、つぎはもっと頑張ろう。乾杯！」

ゴクゴクゴク、プファー…鼻の下に泡をつける。

「オネェさん、彼に座布団もってきてやって」余裕も生まれる。…「今夜は無礼講だ！ボトルは私がもつ！」機嫌がよい。

そろそろ、ルールを変えよう！

女性が三人寄れば

「女性が3人寄れば、かしましい」と言われる。その通りだと思うし、よくまあ、いつまでも喋《しゃべ》りつづけられるものだと感心もする。では、なぜ3人なのだろうか？　2人じゃそうならないのか？

仮に2人だとしよう。話は、同じように花が咲く。ペチャクチャペチャクチャ、管楽器が吹かれつづける。「よくもまあ〜」この感想も同じである。

ところが、ふと、間があく時間がある。ふたり同時に黙《だま》るのである。疲れたのか？　息を継ぐタイミングが同時だったのか？　片方は、バッグから鏡を取りだすし、もう一方は、スマホを取りだしている。

さてここで、3人目がいたらどうだろうか？　よくよく観察していると、3人の場合、

おおむね喋っているのはつねに2人である。だれかひとりは聞き役になっている。よき合間に相槌《あいづち》を打つ役目に徹している。そしてその聞き役が、会話に参加した途端、3人で喋るのかと思いきや、だれかひとりが、聞き役に回るという仕組みだ。完璧なタッチ&ゴーシステム……飛行機に乗るとき、従来のようにチェックインカウンターや自動機械でチェックインをするのではなく、直接、保安検査場に向かいスマホなどで通過するシステムである。

つまり、瞬時に人が入れ替わり会話は2人でつづけられる。その結果つねにひとりは休んでいる。(相槌だけは打っている)

休憩時間が各々に約束されている。だから、3人とも疲れることがない。まるで永遠に喋りつづけているように見えるのだが、じつは、アルバイトが休憩時間をズラして取っているように、グルグル回るタイムテーブルができ上がっているのである。しかも、そのシステムを、無意識のうちに、3人は施行している。

このグルグルシステムは、世の女性が皆できるらしい。だれに教わるわけでもなくできるこの能力は、ひょっとすると、《本能》だろうか。

山の中で、3人の女性の登山者に出会うこともある。急な登りをウンセウンセと息あえいでいるときに、下のほうからなにやら祭りのような嬌声《きょうせい》が聞こえてくる。足を止め水筒の水を飲んでいると、声はどんどん近づいて、やがて姿をみせた。3人だ。まるで一年ぶりに出会ったかのような会話が山の中に響く。

ときにキャ〜という悲鳴に近い笑い声さえ聞こえてくる。いかにも楽しそうだ。微笑ましいし、うらやましい。というのも、急な山道を登るという行為は、とてもきつい。黙って登っていても、ハァハァとあえぐばかりで、会話をする余裕などない。

仲間に「頭上注意して」木の枝に注意を呼びかけるにも、深呼吸しながら指示を出している。とても通常会話などできようはずもない。

ところが、登ってきた女性3人は、息を切らすようすもなく、とめどもなく喋りつづけている。話を聞くともなしに聞いていると、ひとりは登山がはじめてらしい。何度も「もうダメ、のぼれないワ」と嘆きながら、今日家に忘れてきた手紙の出し忘れの話を延々喋っている。「ネェネェ明日出しても間に合うかしら?」

おもしろいことに、山中の会話は、高山病予防になるという話も伝わっている。ぺちゃくちゃ喋りは呼吸が深くなり高山病になりにくいらしい。やはり、本能だろうか?

えっ…4人いたら?

はい、この場合、話の盛り上がりはつづかないようだ。四角形では、だれか2人が休憩をとることになる。休み時間が多いと、人は飽きるものだ。というより、冷静になってしまう傾向がある。冷静さは、本来行く気のなかった用事を、思い出させることにつながる。今日まで限定のタオルセットの売り出しを思い出したりする。思いだしたひとりが、わけあって、そそくさと欠けることになる。するってぇと、ふたたびグルグルシステムが復活する。

さあ、本番のはじまりはじまりぃ!

街は犬のトイレ

《街は犬のトイレではありません》
写真の看板は、犬に小便大便をさせるな、と注意している。ところが…肝心の犬くんはこう考えている。
「街はトイレだも〜ん」
電柱も、花壇も、塀も、すべてトイレとしか見ていない。街に出たとたん、ズラ〜とトイレが並んでいるのだ。家の中では、小便ができない飼い犬は、街に出たら、すぐさまお決まりの便器に向かい、思いっきり放尿行為にうつる。ジャ〜ああ気持ちがいい

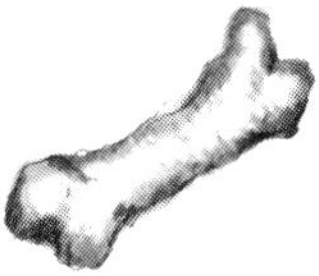

──

（ん…まてよ？）

犬くんは思いたつ。
（あっちを見ても、そっちを見ても、トイレだらけだなあ。ほんだら、あっちでもそっちでも、やるか…）
放っていた小便をいっときやめる。こんなにトイレが林立しているのに、一か所だけで、楽しみを終えてしまうのはモッタイナイと気づくのだ。食堂でトンカツ定食を頼もうとしていたオジサンが、ミックスフライ定食を見つけたときに似ている。どうせなら、エビフライにもアジフライにも箸《はし》をつけたい。
ちょいと移動し、公園の鉄棒にジャー。ちょっと移動し、花壇の標識にジャー。

（ん…なんかの匂《にお》い。以前にもどこかで嗅《か》いだ匂い。ひょっとすると、おばちゃんが引っ張っていたレースの服を着たあのミンクちゃんかもしれない。あんな奴なんかに先を越されていたか、ほんじゃもっとジャー）

犬くんの概念では、家の外はすべて便器である。デザイナーが趣向をこらしたさまざまな形式の便器が、所ひろしと並んでいる。たとえご主人様が機嫌が良くて、遠出したとしても、便器には困らない。ときおり車で移動することもある。車の中は家と同じ。しかしながら到着すれば、トイレの真っただ中。たとえ一日じゅう走り回っても便器大安売り。

食べ物がないときは、耐えるしかない。なんとか耐えられる。しかし出すものをガマンするのは、限界がある。出したいときにいくらでも出せる幸せは代えがたい。

丘の上から地平線を見る犬の目は、遠くのなにものかを見ている哲学者のソレにたとえられる。しかし真相は、はるか彼方《かなた》までひろがる自由なトイレにうっとりしているのだ。下半身の自由を約束された安住の地に惚れ惚れとしているのだ。

〈打ちっぱなし〉というゴルフ練習場がある。打ちたいだけ打って、あとは知らんヨという遊び場だ。そのあげく、アト片付けはだれかやってネ…

これを犬になぞらえれば、《ひりっぱなし》である。ひりたいだけひって、あとは知らんけんネである。後片付けは、ご主人様たのむよヨ…と。

「ご主人様の顔色ばかりうかがってぇ〜」さもすると、蔑《さげす》まれることもある犬くんなのだが、こと下半身に関しては、ご主人様をこき使っているのだ。食べるほうは制限されているが、出すほうは無制限である。

さ、アナタはどちらが自由を謳歌してると思いますか?

《食べ放題》と《ひり放題》

靴の中にたまった砂

靴の中に、砂が入っている。

気持ちが悪い。しばらく我慢している。砂が少々入ったくらいで、精神的に弱るわけにはいかない。何もなかったフリをしている。

しばらくが5分も経つと、やはりというべきか、しゃがみ込む。片足づつ靴を脱ぐ。トントンし、砂を外に出す。ちゃんと出たか、内部を覗《のぞ》き込む。手でかき出す。安心したところで、靴を履き、歩き出す。ところが…

１０歩も歩いたところで、内部に砂がまだある事実に驚く。あれほど、神経質にトントンやったのに、手でかき出したのに、まだ砂が残っている。なぜ…？

ふたたび、座り込み、執拗《しつよう》にトントンやる。ひょっとしたらと思い立ち、靴の中敷き

を引っ張り出し、トントンに拍車がかかる。

「よし、ここまでやったら、一粒の砂も残っていないだろう！」

確信をもって、靴を履く。歩き出す。その1分後だ。なんだなんだ？　靴と靴下のあいだでザラザラする気持ち悪い砂粒はぁ〜　いったいどこに隠れているというのだろう？　靴にそんなポケットあっただろうか？

3回目のトントンともなると、額《ひたい》にシワがより、唇《くちびる》はめくれあがり、鼻から煙が噴き出している。やりきれない気持ちで渾身《こんしん》のチカラをこめて靴を振り下ろす動きは、映画「２００１年宇宙の旅」の冒頭で、類人猿が木の棒を振り下ろす動きにソックリである。

ここでハタと額をたたく。

「そうか靴下に砂がまぎれているのか」

こんどは地面に座り込み、靴下を脱ぐ。靴下の繊維のなかに入り込んだ砂を取りだすのは無理がある。それでもブルブル震わせて小さな結晶を落とそうとする。なにかキラキラ落下しているのは、砂の小粒だと信じる。両足の靴下を裏返しにまでして、キレイに仕上げた。よし、これで思い残すことはない。歩き出す。

その5分後、ミリ単位の砂を感じている自分がいる。ふだんなら決して察知するはずのない細かな砂の異変を感じ取っている。靴の中からの砂出しに精を出したため、神経が過敏になったらしい。それも砂だけに特化して敏感になっている。

私の経験によると、

《一回のトントンで砂が全部でることは、絶対にない！》

俤

国木田独歩が、《武蔵野》の中で「俤」という漢字を使っている。《おもかげ》と読む。当たり前のように読めたアナタは、エライ。最近、おもかげの漢字はおおむね、《面影》で表現されている。

さあ、ここで、俤の漢字をよ~く見てみよう。いま私は、少しだけ下唇を突き出している。なぜか…?

私には兄がいる。年子の兄だ。もしその兄がアッチの世界に行ってしまい、葬式が行われたとしよう。すると、葬儀に集まった兄の友人らが、弟の私を見てつぶやくのだ。

「弟さんですか~ほお~兄さんの俤《おもかげ》がねぇ~」

ホラ、すぐに気づいたアナタはまたまたエライ。俤という漢字は、にんべんに弟と書

いている。兄弟のうち、弟の顔に兄のおもかげを感じているので、にんべんに弟なのだろうか？　だったら、子供の顔の中に父親のおもかげを感じた、ということで、《にんべんに子》でも良かったんじゃないのか？　むしろそっちのほうが正しいような気もする。

しかし、昔の人は、おもかげと呼ばれる思い出し系の言葉は、時間系列にのっとって使われるらしく、兄から弟へと流れるものと決めたようだ。

よって、たとえば、弟の私が先にアッチに行った場合は、葬儀において、「お兄さんですか…ほお〜弟さんのおもかげが…」とは、ならない。時間系が狂ってしまう。残念である。にんべんに兄、とは書いてもらえない。

さらに不思議なことに、姉妹の関係でもこの俤を使っている。妹だからと、にんべんに妹と書いて、おもかげとはならない。あくまで男兄弟のときにつくられた漢字が使い回しされている。

盗用と言っても構わない。とくに弟の立場がはっきり提示され、確認されるような漢字制作になっている。「アンタはおとうとだけんネ」

となると兄は、圧倒的有利かといえば、そうでもないケースもある。ある家族の話なのだが、

その家に女の子が生まれ、その下に男の子が生まれた。彼は、二人目の子供ではあるが、長男と言われる存在。

その男の子は上におねぇちゃんがいるセイか、どちらかといえば、なよなよした子であった。そこで両親は男らしく育てるために、小さいころからつねづね、「アンタはチョウナンだからネ」と呼んで育てた。「アンタはチョウナンだからネ」をなん百回も聞いて育った彼。

あるとき――小学6年になった食事どき、箸《はし》を置くなり突然両親に質問をはじめたのである。

「ねえ、ボクはチョウナンだよネ！」

「そうだヨ」

「だったらおねぇちゃんはトンボ？」

「？………」

がっくり首を垂れたご両親は、それ以降、頑張らせる方向ではなく、やさしく育てた

という。

俤の漢字くらいでいじけているようでは、まだまだチョウナンの苦しみに勝てないのである。

下唇を突き出して耐えている弟の気持ちが、少し分かってもらえただろうか…

ハタとヒザをたたく

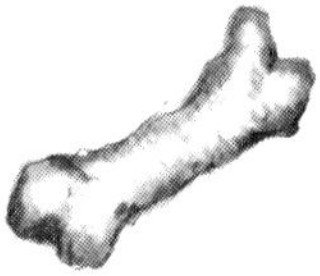

「おっと思い出した！」

何かを思い出したとき、我々はいろんな動作をする。日本人の身体の動きの検証をしてみよう。

ドラマや映画で見られる伝統的な動きはコレだ。

《手の平を、もう片方のコブシの小指側でトンとうつ》

「おっと、忘れちゃいけねえ、はがきを出さなきゃ」

お父さんが、ポストを見て思い出したのである。

《膝《ひざ》を手の平の先の部分で、ポンと叩く》

「おい、又吉や、横丁の豆腐屋《とうふや》までおつかい頼みますヨ」

大旦那が、丁稚《でっち》の又吉に、用事を言いつけている。着物を着ているときは、コレに限る。落語の世界に頻繁《ひんぱん》にあらわれる。この場合、二種類の動作がある。

〈片手でポン〉

コレが、簡単な用事を又吉に言いつけるとき。

「又吉や、お向かいの豆腐屋さんで一丁買っといで」

〈両手でポン〉

コチラは、又吉では頼りないので、番頭さんを呼ぶことになる。かなり重要な問題を思い出したようだ。

「紺屋の若旦那の花街がよいを止めなきゃ」

《額《ひたい》の髪の生え際に、人差し指をあてて、やにはハッと離す》

しばらく考えていて、やっと思い出したときはコレだ。

「わかったわかった！　思い出した、トイレに忘れたんだ、スマホ」

スマホを失《な》くしたと大騒ぎしていたわりには、なんでもない場所から現れてくる。思い出して良かった。しかしどうしても思い出せないときは、中指を当てたり、パッと離して相手に黙っててとばかり、パーの手をつきだしたり、ふたたびあてたり…

《指をパチンとならす》

「おっとぅ思い出したぜ、おめえはお馬鹿のケンちゃんだネ」

このパチン行為は、海外からの輸入だと思える。少なくとも江戸時代にはなかったと信じている。思い出したときだけでなく、心を落ち着けようとする場合にも指を鳴らす。『ウエストサイド物語』では、青年たちが指を鳴らしながら「クール」の曲を歌い踊ったものだ。あまり品がいい行為とは思えない。だから、女性はほとんどやらない。やらないものだから、指パッチンがいまだにできないと嘆く女性もいる。

では、女性特有の思い出しはなんだろう？

《両手を胸の前で、軽く合わし、ポンと叩く》

「あら、今日からだったわネェ、よろずやの安売り！」

待ちに待った安売りの日を思い出したのである。両手を合わすほど、嬉《うれ》しい。その証拠に目が輝いている。ポンと叩くときに、音を立てないのが、女性の特技である。

ではもっと思い出したモノが重要だった場合は、胸の上の鎖骨《さこつ》あたりを両手の指でトンと叩く。叩いた手をそこで止める。

「うわぁ、洗濯もの干しっぱなしだったわ！」雨が降り出したのである。

では、とんでもない重大な事柄を思い出したとき、人はどうする？

《片足づづ、ピョンと跳び上がる》
「しまった！　今日、昼も公演があったんだ！」
舞台の公演がつづく日々、昼間に家でダラダラしていたとき、今日は、マチネ（昼公演）があることを思い出したのである。（イシマルの話ではけっしてない）この跳び上がり方は、説明が必要だ。さ、アナタにもやっていただこう。
真っ直ぐに立つ。その状態から、頭の高さをなるべく変えずに、片足づつ足をあげる。一瞬、両足は空中にある。膝を水平まであげる。ピョンピョンッ
この動きは、ふたりで回している縄跳びの縄が、跳ぶ人の後ろから、足の下を通るときの動きに似ている。その縄を片足づつ跳び上がって超える。人は思い出して驚くと、

こんなふうに跳び上がる。駅のホームでそんな人を見かけたら、たぶん…

（はは～ん、締切日の間違いを思い出したナ）

「私は、跳び上がったことなんかないヨ」自慢げに口をトンがらせたアナタ…

いまに跳びます。だから、跳んだときに、驚かないように…

断食中に指を切ると

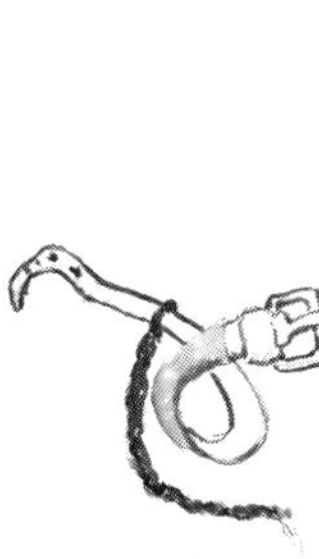

断食中に、びっくりしたことがある。
その前に、断食をしたことがありますか？　1日やりましたではなく、5日とか7日とか、長い日にち何も食べないという、いわば挑戦であり、食事療法とも言える。
私の断食歴は4回ある。最大の日数は10日間。21歳のとき、ふと断食を思い立ち、すぐさまリュックにテントを背負って、竹芝の港に向かった。船で目指したのは八丈島。江戸時代に流人の島とされた東京の南の孤島である。断食というフレーズが、流されビトという単語を思い起こし、青年の旅情をかき立てたとみえる。
時は真夏。南の島ならば、何も食べなくとも寒くないだろうと軽い気持ちであった。八丈島の底土《そこど》港の近くの浜にテントを張り、口に入るモノは、近くにある水道の蛇口から流れ出る水のみ。

一日目はさすがに腹が減り、丼物やラーメンばかりが思い浮かぶ。一日じゅう食べ物のことを考えている。断食といえば宗教的な修行のイメージがあり、鍛錬との意識はあるのだが、なんのことはない、樹木を見ればトンカツに見え、海を見れば豚骨ラーメンにしか見えない。とても修行とかけ離れている。自分のココロの弱さを思い知る。

二日目ともなれば、腹の減り方は拍車をかけ、落ちている葉っぱを食べようかなと思っている自分にがっかりする。「もうやめようかな…」3分に一回はその思いが口をつく。ところが、八丈島まで流れてきたおかげと言おうか、さすがにここにいると簡単に中止とはいかない。都会の断食では、誘惑があふれており、やめればすぐに家に帰ることができる。ところが絶海の孤島では動きが制約される。悩む時間ができる。その間に、「もうちょっと」の気持ちが芽生え、空腹を忘れられる瞬間に期待するのである。

3日目となり、体がやや楽になる。断食をすると「宿便」が出るという知識はあった。宿便とは、最後っ屁《ぺ》のようなもので、小さな塊の便がポコッと出ると言われている。出れば楽になるとも言われている。それを期待する。一日目と二日目は体がダルかった。とくに朝がツライ。低血圧の方はこんなダルさだろうかと思えるほど、朝起きると動きたくない。目を開けるのもおっくうだ。そこを押して、テントを這い出し、海に向かう。パンツ一丁なので、そのまま冷たい海にザブリと飛びこむ。するとどうだろう？　急にシャキッとしたのだ。おそらく冷たさで血管が収縮し、血圧があがったのだろうと解釈する。その後は、毎朝、海にとびこむのが日課となった。

その夜、文明とのつながりのために持っていったラジオから、プロ野球中継が聞こえてきた。アナウンサーが興奮して叫んでいる。「出た～　王貞治７５６号ホームラン！」世界記録を達成したとの響きが八丈の海の波の音でかき消されそうになっていた。興奮して砂浜を走りまわったのを覚えている。

４日目、朝のザブリをやると、急に元気が出てきた。食べ物が目の前にちらつかなくなった。散歩にでた。どんどん歩くも、疲れを感じない。そのまま町に行きレンタル自転車を借りた。ギアなどの付いていないママチャリである。キ～コキ～コこぎだす。八丈島は思いのほか広く、道路はアップダウンがつづく。ひょっこりひょうたん島のような形の島を一周してみようとペダルをこぐ。

町中から南の方角に進むと長い坂道がはじまり、勾配《こうばい》もはげしい。ところがどういうわけか体が軽い。降りて押すこともなくママチャリをこいでゆく。水しかのんでいないのに、このエネルギーはどこから摂取しているのだろうか？　不思議な感覚を味わっていた。

5日目以降、ママチャリこぎは進化し、八丈富士の9合目までそのままこいで登り、かついで頂上まで行った。（くだりが大変だったが）。

「とおり抜けた」という感覚が体を支配しており、ものを食べるという欲求がやや減った。というより、都会にいるとつねに食べ物があふれており、看板や匂いが襲ってきて誘惑されるが、ここではそれがない。

とはいえ、チャリ移動の際、民家の縁側に座った婆っちゃまから手で招かれることがある。「こいだら疲れるじゃろう、どっから来なさった？」ありがたく縁側に座らせてもらうと、いったん奥に引っ込んだ婆っちゃまがお盆の上にお茶と茶菓子を持ってきてくれる。

それはいまの自分にとってはものすごい贅沢品《ぜいたく》であり、毒だとも言える。ありがたくお茶だけをゴクゴク飲んでいると、奥から漬物《つけもの》を持ってきてくれる。そこで、いま断食をしているから食べられないので、お茶だけをいただきますと説明する。

するとそれは大変だネと言いながら、饅頭《まんじゅう》を持ってきてくれる。断食の意味をまったく理解していない。そもそも断食などする意味が分からないのだろう。

考えてみれば、流人の島である。食べられない苦労の歴史の島だ。食を断つなどの考えを説いても無理にきまっている。「はいはい、これも」とお餅をてんこもりにしてくれた。そして、こんな民家が一軒では済まなかったのである。チャリが進むたびに手招きされ、縁側に座り込み、お茶をいただく。厳密にいえば、お茶を飲むという、水だけではない断食になった。

そして10日目、八丈島に台風が来るというので、しかたなく船で帰ることにした。滞在すれば海岸に張ったテントなど無残に吹きとばされるだろう。そろそろ潮時を感じてもいた。

そういえば断食6日目のことだった。指先をナイフでスパっと切った。大した怪我ではなかった。血はすぐに止まった。バンソコを貼っておいた。ところが…その傷口がいつまで経ってもふさがらない。パクッと開いたままだ。気味が悪い、なぜだろうか？

「タンパク質が、入荷できない」

身体の物質をつくる工場があるとする。その工場に、タンパク質がいっさい入荷してこない。その状態が、断食だ。たかが指先であるが、皮膚を再生するには、タンパク質がいる。そいつの供給を断たれた場合、指先はまったく仕事をしなくなった。修繕という仕事を放棄してしまった。結果、傷口がパックリ開いたまま、廃墟のように捨ておかれる。このパックリ状態は、断食を終えるまでつづいた。

そして、断食を終え、体内にタンパク質（豆腐、肉類）が入ってきた途端、手のひらを返したかのように、みるみるうちに傷はふさがったのである。通常の傷の治り方の10倍ほどの早さだった。

「部品入荷、仕事はじめぇ〜！」

指先工場は、再開したのだ。肉体化学実験としては、みごとな結果をさらしてくれた。

今後、断食にチャレンジされるアナタに、お勧めいたそう。3日目過ぎたら、ちょびっと切り傷してごらん。アナタの人間としての露骨な再生力に、感動するかもしれない！

広美5

旅先の町に車で立ち寄ると、とある場所がランドマークとなる。たかが一泊二日に過ぎない町なのに、なんども通る場所ができる。その場所は、交差点であったり、お店の前であったり、一本杉であったりで、決まりはない。

なぜ、その前を何度も通るのか、分からない。「あれっ、またココに出た」。偶然にすぎないのだが、何度も通る。同じ町で3回目にソコを通ると、「はは〜ん、この町のランドマークはココだな」悟るようになる。

岐阜県の可児《かに》市を訪ねたときにも、あるランドマークができた。そこは信号のある交差点だった。私の車には、カーナビが付いているのだが、都会ではあまり活躍させていない。まだ進化の途中なのか、すぐに高速に乗せたり、乗せたかと思ったらすぐに降ろしたりで、信用していない。

むしろカーナビと戦っている。「右へ」カーナビが喋《しゃべ》れば、「左へ」曲がったりする。カーではなくマイナビを心の頼りにしている。時に、カーナビで目的地を設定すると、不可思議な案内をされたりする。

「時間は5分長く、距離も2キロ遠まわりになります」という案内表示がされる。これって、なんの意味があるのだろうか？　さらには、「料金も100円高くなります」表示には、驚くしかない。料金払って遠回りして時間がかかるにはそれに見合うだけの《なにか》がなければ、納得しない。「ものすごく景色が良い」とか、「対向車がいない道路」とか、「この道を走ると、音楽が流れる」とか、メリットを表示してもらわないと、とてもハンドルをそっちに切れない。（音楽の道は、あるにはある）。

ところが、カーナビくんも、田舎ではなかなかの活躍をしてくれる。道迷いしやすい田舎道を夜でも、親切丁寧《ていねい》に見守ってくれる。可児市においても、カーナビくんを頼りにしていた。可児市でランドマークになったのは、この交差点。

《広美5》

広美という名の町の5丁目だと知らされている。ここを通過したときに、カーナビの音声をオンにしていた。すると、女性の声でこの言葉が——

「まもなく、ひろみごーです」。

ん…あんですと？「ひろみごー」！

これを聞いたからには、ふたたびこの交差点に戻ってくるのは自明である。用もないのに、《広美５》を通る。そのたびに、「ひろみごーを左にまがります」必ずカーナビが喋ってくれる。「ひろみごーを右に曲がります」「ひろみごーを直進します」

強引に、可児市のランドマークにしてしまった。願うらくは、ごーご本人に、ご案内していただければ、最高のランドマークになるのだと、願っているのだが…

歩く衝動

突然、歩きたくなる。長距離歩きたくなる。

１８歳の春、東京に出てきたころ、山の手線というものに心が惹《ひ》かれた。グルグル回っているのが、変だった。始発とか終点とかの定点がないばかりか、逆回りすらある。故郷の大分で、午後の時間に２本しか列車が走っていないダイヤしか知らない人間には、ビックリを通り越した驚きであった。

真夏のある日、その山の手線を一周歩きたい衝動にかられた。

夕方、池袋駅東口から歩き出した。内回り、つまり、新宿方面周りだ。地図は持っていない。あるときは、線路の外側、あるときは内側。コンクリートの道をひたすら歩く。田舎と違ってつねに明かりが灯《とも》り、歩きに迷いはない。新宿に着いたころには、どっぷ

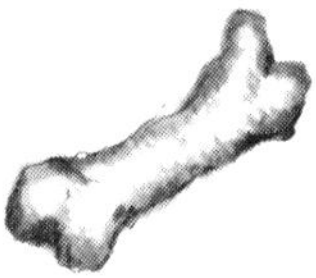

り日が暮れた。

とはいえ、都会は歩きやすい。そのまま西にそびえるビルを見にいった。当時そのあたりでもっとも高かった京王プラザビル47階建ての回りをさまよう。すると、その西側が工事中だった。工事ランプに照らされ、地下深くまで掘削《くっさく》が行われているではないか。地下数十メートル下に、豆粒のようなトラックや掘削機が行き来している。口をあんぐり開けて覗《のぞ》いていたら、ヘルメットをかぶったオイちゃんに話しかけられた。

「アルバイトやらんか？　あの下で工事の手伝いせ〜よ」

なんでも、近いうちにこの一帯に高層ビルが10本立つという。人を食ったような話が信じられなかった。なんたってその当時（1962年ごろ）の高いモノといえば、東京タワーと京王プラザと、一年間に飲んだビールの量を表すときに使われる霞が関ビルしかなかったのだから。（現在は、東京ドーム○○杯ぶん）

歩きはまだまだ進む。やがて渋谷を過ぎ、目黒も過ぎ、大崎を過ぎたあたりで、道が複雑になる。山の手線とは、丸いといわれるが、じつは丸くはなく、絵画「ムンクの叫び」の人物の顔のような形をしている。

つまり顔のアゴにあたる尖《とが》っている部分がある。そこは、大崎駅から品川駅に至る区間。この地域は住宅と工場が混在しており、道が線路際に走っていなかったりする。迷った。時間帯も終電に近づき、町の音もなくなる。方角が分からなくなり、しかたなく月を探した。田舎出身者は、道に迷ったら月を見る。さほど月や太陽はお友達。良いことに月は天高く下弦《かげん》の月が浮かんでいた。

方角を定め品川駅を見つけ出す。そこから上野駅までは真夜中の進軍となる…のだが、とにかく腹が減る。ひと駅ごとに何かを食べたくなる。

オアシスは新橋駅にあった。駅のガード下に醤油《しょうゆ》のいい匂《にお》いがした。ノレンをくぐると店じまいしながら、「かけ蕎麦《そば》」の短い言葉に反応してくれた。たしか120円だった記憶がある。

ズルズルとやりながら、以後、数時間何も食べられないとは知りもせず――

現在のようなコンビニもなく、自動販売機すらなかった時代。ものを食べようとしたら、食堂がやっている時間か、あるいはパン屋さんが開いている時間でなければ、食べるものは手に入れられなかった。よもやスーパーは、日が暮れると閉まった時代である。《7~11時営業》という店ができるより前の話をしている。

ちなみにペットボトルはない。缶コーヒーもない。水を売るという発想すらない。1

リットルの牛乳パックが出はじめたころである。

上野駅を過ぎたあたりで、あまりの腹減りに、線路周辺を離れて浅草方面に食べ物の店を探しに寄り道しようとした。しかし、シ～ンとした上野駅一帯は、昼のにぎわいを知らないかのような静けさに包まれていた。「食わせません」空気が満ちていた。

あきらめて日暮里方面に向かう。そのうち、都会はうごめきをはじめる。空が藍《あい》色からあかねの輝きをみせはじめると、ポツリポツリ、人が道に現れる。

切符の自動販売機ができたばかりの駅に、定期券を持った人たちが、寄り集まってくる。切符の駅売りをする小さな半円形の窓口の向こうで、駅員さんが帽子をかぶり直している。

巣鴨駅で太陽を浴び、とうとうグルっと一周、始発であり終点の池袋駅に戻ってきた。なにより何か食べたかった。ひとまわり１４時間の感慨もなく、駅下の立ち食いソバに飛び込んだ。「天ぷらそばと、月見うどん！」一度に二つ注文したのは、後にも先にもこのときだけである。


そもそも突然歩き出したのは、高校生のころだった。まったくの計画なしに、歩き出すのである。とはいえ、その日は洗面器を持っていた。中には手ぬぐいと石鹸箱。大分市の下宿アパートを出て、お隣の町、別府市に向かった。別府温泉に入りたいという目的があったのだ。

3時間ほどで、もうもうと湯気があがる別府に着いた。途端、欲が湧《わ》いた。「ちょいと足を伸ばして、湯布院《ゆふいん》まで行くか」

湯布院は裏別府とも呼ばれ、標高500mの温泉療養地である。汽車ではなんども通っていた。友人の家もあり気軽に足を伸ばした…ものの、標高差600mの峠超え、距離にして25キロ。伸ばした足で8時間かかった。

湯布院にたどり着いたときは夜中だった。当然、風呂もやってない。そこでさらに欲が湧いた。「よし、ついでだ、阿蘇山まで行ってやろう」

青春とは、おバカの何乗だろうか。意味のない目標が浮かんでしまった。

地図で見ていただければ分かるが、大分市から阿蘇は遠い。県すらお隣りの熊本だ。勢いで歩く距離ではない。よもや洗面器を持って歩くべきではない。もし歩くならば、最初からしかるべき装備を身に着け挑むべきだろう。なのにポケットの中には、小銭がチャラリ、風呂代しか持っていない。

歩いた。車というものが夜中にほとんど通らない時代である。月明かりをたよりに、九州横断道路をテクテク歩く。気持ち良かった。ただし、店というものがない大自然のなかの道なので買い食いすらできず、腹がグウグウ鳴りっぱなし。なおかつ洗面器とは、持って歩くのがいかに難しい形状なのかを思い知った。

今のようにプラスチックではなく直径３０センチのカナダライである。手ぬぐいは首に掛け、石鹸はポケットにしまったものの、洗面器を捨ててしまいたい気持ちが何度も湧いてくる。

下宿を出たときは温泉気分だった。ところがいまや、サバイバルさながらの状況にある。サバイバルとは、元の場所に戻ろうとする行為であるハズなのだが、なぜか前へ前へと突き進んでいる。

朝を迎え、やがて昼が過ぎ、日が沈んでもまだ歩いている。外輪山《がいりんざん》を越え、最後の阿蘇山の登りになったころに、ふたたび月が上った。のちに知るのだが、１２０キロ歩いてきた。

頂上に登りついたとき、あまりの寒さに、噴石《ふんせき》よけのシェルターに逃げ込む。そのまま朝まで、まんじりともせず震えながら過ごした。３６時間が過ぎていた。

目的はなかった。ただの衝動のつながりである。残念なことに、温泉には入れなかった。それにしても、最後まで持っていたあの洗面器はなんだったのだろう。

その一年後、ふたたび歩き出した。

この歩き出しは衝動にしては本格的だった。まず、計画を立てていた。リュックやテントを持っていた。地図も持っていた。ラジオという情報ツールも持っていた。なにより、一人ではなかった。友達と3人だった。こうなると衝動ではなく、確信だ。

歩きはじめは、西鹿児島駅。目指すは大分県。つまり、九州の、ど真ん中を南から北に縦走しようという確信犯だ。

真夏の太陽が照りつけ、麦わら帽子が焦《こ》げる。毎日夕方になると、決まって襲ってくる夕立シャワー。宿泊は、その辺にテントを張る。食料は、めったに現れない、タワシや洗剤も売っている食料品店で買い求める。といっても、完全な山中に分け入ったときは、自給自足。

4日が過ぎたころ、山中の土の道路に、おばあちゃんが歩いていた。

「すみません、この先に、お店ないじゃろかねえ？」

「そこん先、峠下りた、すぐんとこに、あるわい。」

「ありがとう」

「どこ行くんな?」

「おおいた」

「…わからん」

さてさて、3人は「そこん先の峠」に向かうものの、歩けど歩けど、いっかな峠は現れない。田舎の人の「そこ」は遠いという通説があるが、それにしても遠い。もう2時間は歩いている。2時間登っているというべきか。さらに足すこと1時間、登りがなくなった。峠だ。

よし、おばあちゃんの言によれば、この峠を下りた、「すぐんとこ」に、お店があるハズだ。田舎の「すぐ」は、遠いとはいえ、いくらなんでも、「すぐ」なんだから、ここはひとつ「すぐ」現れるに違いない。百歩譲っても、「しばらく」して見つかるだろう…

おばあちゃんの言葉を思い出してみる。

「そこん先、峠下りた、すぐんとこに、あるわい」

甘かった、3人の若者は甘かった。

「すぐ」は、すぐに過ぎた。

「しばらく」しても、見つからない。

「ずいぶん」歩いたが、影もない。

「かなり」峠から離れたのに、民家もない。

「相当」来たとき、夕立にやられた。

そして、「はるか」な彼方までやってきたとき、家が出現した。壁に、キンチョウの看板がある。オロナミンCのメガネの大村昆《おおむらこん》ちゃんが笑っている。

おばあちゃんの「すぐ」は、我々の「はるか」であることが判明した。とすると、おばあちゃんが「はるか」と言ったらどこになるのだろう？　二つ隣の県、おおいた、すら知らないというのに…

「突然歩き出す」といっても、その日は友達に誘われた。時は先ほどの話から少々さかのぼり、高校時代に大分市の学校の横に下宿をしていたころだ。

「延岡《のべおか》まで行こう！」

友達が言う。

「ああ、行こう！」

青春は迷うことがない。

延岡とは、宮崎県にある町で、１２０キロ離れている。しかし歩き出したときには、そんなことは知るよしもない。知らないから、手ぶらだ。地図すら持っていない。国道を南へ南へとたどれば、着くだろうという安易な考え。

夕陽を横顔に受けながら、歩き出した二人。時は札幌オリンピックがはじまるちょいと前のころ、国道といえど、夜になると通る車は少なかった。時折、トラックが来たなと思うと、必ずといっていいほどブレーキランプがともる。

「どこ、行くんなぁ？」

「のべおか」

「乗っちけえヤ」

「いんや、歩いち行く」

みんな、親切だった。ふたりは、ふらっと出かけたので、食料を持っていない。途中、食堂も開いていない。民家の井戸水を飲みながらの、遠足だ。

しばらくして、またもや、トラックが止まる。1時間ほど前に通りすぎたトラックのアンチャンだ。

「これ、食え！」

ニギリメシをどこかで、調達してきたらしい。まだ暖かいおにぎりを頬張《ほおば》った。

さて、どれくらい歩いただろう。いちど明るくなって、また、暗くなったのは覚えている。着いた。目の前のカンバンに延岡の地名が書いてある。しかし、友達は歩きを止めない。どこかに突き進んでいく…やがて、ある家の前で立ち止まった。表札の名前を見つけるなり、好きな彼女の実家だという。夏休みで実家に帰ってきているはずだという。ハズというあやふやな望みを抱いて、てくてく一昼夜歩いてきた。

なるほど、好きな人に会いたいがため、120キロも、ひたすら歩いてきたのか。彼女がそこにいるのかどうかも分からないのに、ただただ歩きつづけてきた。つまり、イシマル君はそれに付き合ったのだ。

やには友達は、道に落ちている小石を拾って、二階のガラス窓に向かって投げる。カチンッ、小さな音がする。灯りはついていない。もう一度投げる。カチンッ、静かである。友達に聞いてみる。

「どうする？」

「帰ろう」

彼は、胸を張ってふたたび歩き出した。彼女がいようがいまいが、青い想いは、歩きつづけろとけしかけていた。延岡だろうが、地の果てだろうが、どこまでも歩いていく衝動に動かされていた。ふと――途中でおにぎりをわざわざ持ってきてくれたトラックのアンちゃんの笑顔を思い出した。

みんな親切だった。みんな暖かだった。友達も友達想いだった。そんな時代があった。そんな時代には、みんな歩いていた。

おわりに

　時折――旅先で犬が行方不明になって、数が月後、数百キロ離れた我が家に戻ってきた、という話を聞く。「忠犬」という美談として話し継がれる。渋谷のハチ公にしろ、南極のタロ・ジロにしろ、忠犬話は、犬が主人公である。猫がその役割を果たしたことは、たぶんない。牛や馬もあまり聞かない。

　犬は、この美談のなかで得をしている。本人は、ご主人様とハグレたあと、帰るべくさほどの努力をしているわけでもなく、ただうろつき回るうちに、なんとなく見覚えがある、もしくは気候が似ている地域に向かっている。そのうち、本格的に見覚えがあるモノを見つけ、あるいは匂《にお》いを嗅《か》ぎ偶然のように我が家を見つけた――

このあたりが真相かもしれないのに、感動の涙で迎えられ、ハグハグの大歓迎で主人公となる。パシャパシャと明るい光を当てられ、名前を何度も呼ばれ、頭を撫《な》でられ、ご主人様がテレビと呼んでいる四角いモノの中でも撫でられ、首に花輪をかけられたりする。

だからといって、ものすごくご飯が良くなるとか、住処《すみか》が大きくなるとかのご褒美《ほうび》はなく、日々のハグが増えただけの生活となる。

この行方不明を経験した犬は、放浪の最中、ほかの犬では味わえない多くの《棒》に当たったハズだ。「犬も歩けば」の範囲を超えた歩きのおかげで、本来好きだった《棒》に当たる遊びを経験したものと思える。

縁側の陽だまりでニンマリしているのは、ご主人様の家に帰りついた安堵感もあろうが、彷徨《さまよ》う間に当たりまくった多くの棒を思い出しては、あふれる想いにひたっているのである。

顔つきがやや険《けわ》しくなったのは、苦労のセイではなく、棒たちが与えてくれた魅力だらけの宝物が、かれを《楽しきもの》にしてくれた証《あかし》なのかもしれない。

しばらくは、ご主人様のまわりで尻尾を振りながらまとわりついているが、機会があれば、ふたたび置き去りにされちゃった旅に出たいと密《ひそ》かに狙《ねら》っている犬くんである。

彼に言葉が分かるのなら、お出かけ前に、おしっこで書き置きしてもらいたい。


「犬が犬であるために、ボクは放浪の旅に出るのだ　ワン」

石丸の見方

風間杜夫

驚いた。恩師つかこうへいをして、「脳ミソまで筋肉でできている」と言わしめた石丸謙二郎が、文章を書いた。それも、ページ数を重ねたエッセイを著作し、作家先生になった。しかも、なぜか読者諸氏の受けがよく、シリーズ4作目の出版を目論んでいるという。

「カザマさん、ボクのホンに、ちょっとコメントもらえませんかー。今回の本についてでなくてもいいです。カザマさんの、石丸の見方で結構です」とメールがきた。オイオイ、難しいことを軽く言うなよ。石丸の見方って考えたことないぞ。

はじめて会ったのが1975年だから、もう50年近くも前になるのか。劇団暫の稽古場で何度か顔を合わせながら、翌年公演「花咲村に春が来た」で同じ舞台に立っている。それからは、つかこうへいのもとで、ともに長い時間を過ごした。

仲間内でナンバーワンのユニークさを備えた石丸は、奇天烈エピソードに事欠かない。ずいぶん昔のことになるが、僕の家に遊びにきたときに、親父を僕と間違えたことがあった。玄関を入ってすぐの一階の両親の部屋で、寝ている親父のベッドに飛び乗って布団にまたがり、「なに、まだ寝てんだー起きろー　起きろー」と嬉しそうに叫びながら、身体中を揺さぶって起こそうとした。そのとき、親父は脳梗塞で倒れてからの半身不随で寝たきり状態、アーとかウーとしか声を出せない重介護だった。二階から降りてきた僕は、血の気が引いた。

どこだったろうか、旅公演先の地で、当時流行りのディスコにみんなで入ったことがある。広い店内は客で沸き返り、若者たちがここぞとばかりにリズムに乗って思い思いのダンスを楽しんでいた。踊るより酒の僕は、テーブルで大人しくそんな光景を見つめる一方だったが、気がつくと隣にいたはずの石丸の姿がない。遠目に店内を見回すと、踊りを止めた客の人だかりが輪になっているようで、フロアのようすがおかしい。

なにごとかと駆け寄ると、そこにはダンスフロアのセンターでただひとり、息をのむほどダイナミックにセクシーに踊る石丸謙二郎がいた。ハードな音楽に合わせて、石丸の肢体がうねる。ジョン・トラボルタ主演のディスコ映画がヒットしたが、まさしくその再現であった。しかも、ケン・イシマルボルタが本家を上回っていたのは、踊って人びとを魅了しただけでなく、そのダンスの汗も引かないままに、即興で見事な手品を披露したのである。

その夜、民衆の羨望と憧れを一身に受けて石丸が店を後にしたことは、言うまでもない。

皆がまだ売れずにアルバイトで食いつないでいたころ、仲間の長谷川康夫と組んで、サーカスで生活をまかなっていた時期が石丸には長くあった。ピエロの衣装を身にまとい、コミカルな芝居でサーカスの技と技の間を繋ぎ、客の緊張をほぐす役目を担っていた。そんなコント芝居の演技に、いっぱしの手品や、本当に火を噴く芸なども加わっていたのだ。

ふつうに考えれば胃の痛くなるような、どこを見回しても命懸けのテントサーカスでの寝泊まり生活だが、呑気な石丸には性に合っていたとみえて、舞台があるから帰ってこいと強制的に連れ戻されるまで続いた。長谷川と二人でつくったピエロのコント芝居は、いまも某大手サーカス団の伝統芸となっているそうだ。

昨今の石丸が、体力の限界に挑むテレビ番組で60代以上という最高齢部門にして驚くべき身体能力を発揮する姿は、尊敬という感情以外では見ることができない。ぶらりと立ち寄っては街や人と出会う番組では、石丸の持ち前の人懐っこさや豊かな好奇心が、視聴者を幸せにする。そしていまや、脳ミソの筋肉も自由に自在に動かすことができるのだ。

石丸のホンは、温かい。彼の人間味が溢れ出て、なんともチャーミングだ。石丸、書け！　書け！　つかさんにつづいて第二の直木賞作家を、僕たちの仲間から出そうじゃないか。前祝いだ！　ナニ、恐縮することはない。石丸を肴にまた集まってワイワイ騒げることが、みんな嬉しくてしょうがないんだ。

人生の達人 石丸謙二郎が贈る

「みなけりゃ分からない（みなわか）シリーズ」

既刊好評発売中

（各）四六判　256ページ　定価1650円（税込）

『山は登ってみなけりゃ分からない』

登山歴50年を超える著者が、山の魅力、おもしろきこと、めずらしき発見を楽し気に語る一冊。NHKラジオ「山カフェ」のマスターが贈る、山から降りてきたときに、ほっと一息つくひとときをどうぞ。

〈内容の一部〉
第1章　やっぱり富士山／第2章　お世話になります
第3章　山の自然と楽しみ／第4章　山小屋で
第5章　へぇ〜／第6章　とにかく山はおもしろい

『蕎麦は食ってみなけりゃ分からない』

蕎麦大好きな方たちに、蕎麦の味わいを語るのがいかに難しいのか、その真髄に迫る一冊。蕎麦の青春とはなにか？　海外から帰ってきて最初に食べたくなるモノはなにか？　本人が描く墨絵のイラストとともに、蕎麦ごと味わってみてください。

〈内容の一部〉
第1章 魚を骨まで食い尽くす／第2章 肉をほおばる／第3章 蕎麦は食ってみなけりゃ分からない／第4章 コダワリの食文化論／第5章 たたかいの日々／第6章 酒の立場

『台詞は喋ってみなけりゃ分からない』

役者として舞台にたち、映画やテレビドラマなどで、さまざまな役柄を演じてきた著者が、あらたな視点で芝居を語ります。虚構の世界の不可思議なおもしろさを、セリフまわし豊かに喋っています。でも、アナタがもしも俳優になったときの参考にはなりません。

〈内容の一部〉
第1章 ワタシ、イシマル／第2章 映画とワタシ
第3章 役者はバイト？／第4章 舞台、芝居、劇
第5章 ナレーションの極意／第6章 イイナァ、コノセカイ

犬は棒にあたってみなけりゃ分からない

2023年6月14日　第1版第1刷発行

著　者　石丸 謙二郎
発行者　柳町 敬直
発行所　株式会社 敬文舎
〒160-0023　東京都新宿区西新宿3-3-23
ファミール西新宿405号
電話　03-6302-0699（編集・販売）
URL　http://k-bun.co.jp
印刷・製本　中央精版印刷株式会社

造本には十分注意をしておりますが、万一、乱丁、落丁本などがございましたら、小社宛てにお送りください。送料小社負担にてお取替えいたします。

Printed in Japan ISBN978-4-911104-01-9